인생은
한 토막 꿈이로다

고승열전 **3** 원광법사

인생은
한 토막 꿈이로다

윤청광 지음

우리출판사

윤 청 광

전남 영암 출생으로 동국대학교에서 영문학을 전공했고, MBC-TV 개국기념작품
공모에 소설 〈末島〉가 당선되었으며, MBC에서 〈오발탄〉〈신문고〉〈세계 속의
한국인〉 등을 집필했다. 그 동안 대한출판문화협회 상무이사 · 부회장 ·
저작권대책위원장 · 한국방송작가협회 이사 · 감사 · 방송위원회 심의위원을
역임했고, 〈불교신문〉 논설위원을 거쳐 현재 〈법보신문〉 논설위원, 법정스님이
제창한 〈맑고 향기롭게 살아가기 운동〉 본부장, 출판연구소 이사장을 맡아
활동하고 있다. BBS 불교방송을 통해 〈고승열전〉을 장기간 집필했고, ≪불교를
알면 평생이 즐겁다≫≪불경과 성경 왜 이렇게 같을까≫≪회색 고무신≫ 등의
저서가 있으며, 기업체 · 단체 연수회에 초빙되어 특강을 통해 '더불어 사는
세상'을 가꾸고 있다.

BBS 인기방송프로 **원광법사**
고승열전 ③ **원광법사**
인생은 한 토막 꿈이로다

2002년 10월 23일 개정판 1쇄 인쇄
2006년 2월 27일 개정판 2쇄 발행

지은이/윤청광
펴낸이/김동금
펴낸곳/우리출판사
등록/1988년 1월 21일 제9-139호
주소/120-013 서울특별시 서대문구 충정로 3가 1-38
전화/(02)313-5047, 5056
팩스/(02)393-9696
E-mail/woribook@chollian.net

ISBN 89-7561-174-4 03810

책값은 뒷표지에 있습니다.

"잠 못드는 사람에게 밤은 길고
피곤한 나그네에게 길이 멀듯이
진리를 모르는 어리석은 사람에게
생사의 밤길은 길고 멀도다.
무엇을 웃고, 무엇을 기뻐하랴
세상은 쉬임없이 타고 있거늘
그대들 어둠속에 덮여 있건만
어찌하여 등불을 찾지 않는고.
보라, 이 부서지기 쉬운 병 투성이
이 몸을 의지해 편타 하는가
욕망도 많고 병들기 쉬워
거기엔 변치않는 실체가 없네.
목숨이 다해 정신 떠나면
가을철에 버려진 표주박처럼
살은 썩고 앙상한 백골만 뒹굴것을
무엇을 사랑하고 즐길 것인고!
아아 이몸은 오래지 않아
다시 흙으로 돌아가리라
다시 흙으로 돌아가리라."

원광법사 세속오계 교화도

원광법사가 귀산과 취항 두사람에게 세속에서 그들이 지켜야 할 계명을 교화하는 장면이다.

귀산과 취항 두 사람은 절친한 친우로 그들은 서로 사군자(士君子)와 교우하기를 기약하고 먼저 마음과 몸을 바로 잡고자 원광법사를 찾아가 세속에서 지켜야 할 계명을 가르쳐 주도록 요청하였을 때 원광법사는 지금 세속에 알맞는 오계(五戒)가 있으니 임금을 섬김에 충성으로써 하고(事君以忠), 어버이를 섬김에 효도로써 하고(事親以孝), 벗을 사귐에 신의가 있어야 하고(交友以信), 전쟁에 나아가서는 물러남이 없게 하고(臨戰無退), 산 것을 죽임에는 가림이 있으라(殺生有擇) 하는 것이니 그대들은 이를 실행함에 소홀함이 없도록 하라고 가르쳤다.

원광법사의 세속오계로 일컬어진 이 다섯가지 계명은 신라 화랑의 행동지침이 되었다.

차례

1
밥값을 어찌 치르려 하는고

신라 땅에 맨처음 불교를 전해준 분은 아도화상이었지만 아도화상이 세상을 뜬 이후, 신라 땅에서는 불교의 맥이 한동안 끊어지고 말았다.

그러다가 신라에 다시 불교가 일어나기 시작한 것은 법흥왕 14년의 일이었다.

이차돈의 순교 덕택에 신라 법흥왕은 불교를 공인하고 공식적으로 불교를 신봉하게 되었다.

그리고 법흥왕의 뒤를 이어 왕위에 오른 진흥왕은 대대적으로 사찰을 창건하고 불교를 진흥시켰는데 바로 이때가 서기로는 540년 경, 그러니까 지금으로부터 약 1400여 년 전의 일이다.

진흥왕 시대에 태어난 걸출한 신라 스님 가운데 첫 손가락에 꼽히는 스님이 바로 원광법사다.

원광법사는 세속오계로 더 유명한 스님인데 과연 이 원광법
사는 어떤 분이었는지, 지금까지 전해져 내려오는 옛 문헌인
당승전, 고본 수이전, 그리고 삼국유사와 해동고승전 등의 여러
기록을 통해 알아보기로 하자.

때는 지금으로부터 1400여 년 전, 신라 제25대 진지왕 2년의
일이다.

마침 겨울이라 거센 바람이 몰아치고 있었다.

지금의 동해 바다에서 그리 멀지 않은 삼기산 깊은 골에 초
막을 짓고 홀로 불도를 닦고 있는 한 스님이 있었다.

산짐승 우는 소리가 가까이서 들리는 이곳에서 불도를 닦고
있던 스님이 바로 원광스님이었다.

하루는 웬 승려가 원광스님을 찾아왔다.

"이것 보시오, 이것 보시오. 이 초막에 원광스님 없소? 이것
보시오!"

불도를 닦고 있던 원광스님은 한밤중에 누가 찾아왔나 싶어
고개를 갸웃거렸다.

"아니, 이 밤중에 밖에 누가 오셨는가?"

잠시후 다시 바깥에서 소리가 들렸다.

"이것 보시오!"

원광스님은 초막문을 열고 밖으로 나왔다.

밖은 하얀 눈이 소복히 쌓여 있었다.

눈을 밟고 나오며 원광스님은 어둠 속을 응시했다.

"대체…… 뉘신지요?"

그러자 앞쪽에서 반갑다는 듯이 사람의 목소리가 들렸다.

"허, 있었구먼 그래. 어이구 추워라. 나는 산 너머 사는 도사요! 자, 자, 어서 들어가고 봅시다요. 어이구 춥다."

그 승려는 원광스님의 대답은 듣지도 않고 불쑥 초막 안으로 들어가는 것이었다.

원광스님도 초막으로 들어와서는 문을 닫았다.

"아니, 이 밤중에 산짐승이라도 덤벼들면 어찌 하실려고 이렇게 험한 길을 넘어오셨단 말씀이십니까?"

그러자 그 승려는 별소리를 다 듣겠다는 표정이었다.

"원 참 별 걱정을 다 하시네! 나로 말할 것 같으면 산천초목도 다 알아주는 도사가 아닌가! 수리수리 마하수리 수수리 사바하! 주문만 외우고 다니면 만사형통이지."

원광스님은 그 승려가 이런 늦은 밤중에 불쑥 자신의 초막을 찾은 연유를 물었다.

"대체 어쩐 일로 이렇게 저를 찾아오셨는지요?"

"내 그동안 산 너머에서 지켜보자니 원광스님이 하고 있는 꼴이 하도 딱해서 왔지."

도사 승려의 말에 원광스님은 의아한 표정이 되었다.

"제 꼴이 딱하다니요?"

"도대체 당신은 이 산속에 초막을 짓고 이렇게 들어 앉아서 무엇을 하고 있는 게요?"

"그야 불도를 닦고 있지요."

원광스님이 불도를 닦고 있다고 하자 도사 승려가 혀를 끌끌 찼다.

"허허 이것 참, 아니 그래 불도를 닦는다고 하는 것이 물걸레로 마루바닥을 닦듯이 닦는 것인 줄 아는 게요?"

원광스님은 느닷없이 찾아온 승려의 말이 무슨 뜻인지 알 수가 없었다.

"…… 무슨…… 말씀이신지요?"

도사 승려가 웃으며 말했다.

"보아하니 원광 당신은 말씀이야, 불경책 한 권 들고 앉아서 종이장이 뚫어져라 하고 그것만 들여다 보면서 불도를 닦는다고 앉아 있는 모양인데, 이것 보시오 당신, 내가 한 마디 물을 테니 어디 한 번 대답을 해 보시오!"

"…… 말씀…… 하시지요."

승려는 빙긋 웃으며 원광스님을 쳐다보며 묻는 것이었다.

"당신은 기왓장을 갈아가지고 거울을 만들 수 있겠소? 없겠소?"

"······ 그야 기왓장을 갈아가지고는 거울을 만들 수 없겠습지요."

"허허 그건 또 아는구먼 그래. 아, 그걸 아는 사람이 그래 불도를 닦는답시고 그까짓 경책만 들여다 본단 말이오?"

"그러시면, 소승이 경책을 보는 게 잘못되었다 그런 말씀이십니까?"

"잘못되다마다! 잘못되어도 이만저만 잘못된 게 아니지!"

"그, 그러면 대체 불도를 어떻게 닦아야 제대로 닦는단 말씀이신지요?"

"이것 보시오, 원광! 당신처럼 그렇게 경책만 들여다 보는 것은 그야말로 기왓장을 갈아서 거울을 만들겠다는 격이니 이거야말로 백년하청, 그래가지고 무슨 불도를 어느 세월에 닦겠다는 게요?"

도사 승려를 쳐다보며 원광스님이 물었다.

"하오면 대체 어찌 하라는 말씀이신지요?"

"불도를 제대로 닦아가지고 나처럼 도사가 되려면 내가 하는 대로 주문을 외워요! 수리수리 마하수리 수수리 사바하! 수리

수리 마하수리 수수리 사바하!"

도사 승려는 두 눈을 감고 계속해서 주문만 외우는 것이었으니, 참다못해 원광스님이 커다란 목소리로 말했다.

"하지만 소승의 스승께서는 저에게 경책을 통달한 연후에 염불도 하고 참선도 하라고 이르셨는데요."

도사 승려가 코웃음을 쳤다.

"허허, 이런 답답한 사람을 보았는가! 당신 대체 몇 살 때부터 글을 읽었소이까?"

"그야 다섯 살 적부터 글을 보기 시작했습지요."

"그래서 제자백가도 보고, 춘추사기, 한서, 두루두루 다 읽었다 그런 말이겠구먼?"

"…… 그런 셈입니다만……."

그러자 승려는 고개를 흔들어대는 것이었다.

"틀렸구먼, 틀렸어!"

원광스님이 의아해서 물었다.

"틀리다니요?"

"하, 이 사람 참, 말귀도 못알아듣는구먼 그래. 당신은 중다운 중노릇 하기는 애시당초 틀렸단 말이야, 틀렸어!"

"예에?"

중다운 중노릇 하기가 틀렸다는 승려의 말에 원광스님의 두 눈이 휘둥그레졌다.

산 너머 골짜기에 초막을 짓고 역시 혼자 수행하면서 자고
나면 수리수리 마하수리만 외워대는 자칭 도사가 다짜고짜로
원광스님에게 중다운 중노릇 하기는 애시당초 틀렸다고 들이
대는 것이었으니, 원광스님은 어이가 없었다.

바깥에서는 바람소리와 산짐승 울어대는 소리가 계속해서 들
려오고 있었다.

잠시후, 승려가 다시 원광스님을 불렀다.

"이것 봐요, 원광!"

"예, 말씀하십시오."

"당신, 틀림없이 진골 출신이지?"

"그거야 출가하기 이전의 일인데 제가 진골 출신이면 어떻
고, 육두품 출신이면 어떻고, 오두품 출신이면 어떻다는 말씀이
신지요?"

"난 말이우, 사두품 출신이오! 당신같은 귀족 출신이 아니라
밑바닥 계급인 사두품 출신이더라 그런 말이지."

도사 승려가 출신을 따지자 원광법사가 말했다.

"소승이 배우기로는 부처님 나라에도 사성계급이 있었지만
부처님께서는 귀족 천민을 가리지 않으셨다고 들었습니다."

"허, 귀동냥은 어디서 많이 했구먼 그래. 허면 한 가지 더 물

어보겠는데, 당신 성씨가 박씨야, 설씨야?"

"이미 출가한 몸, 박가면 어떻고 설가면 어떻겠습니까요?"

"허허 이 사람, 아 어떤 사람은 당신을 박씨라고 그러고, 또 어떤 사람은 당신을 설씨라고 그러니까 그래서 물어본 것인데……. 하긴 뭐 당신 말이 맞지. 머리 깎고 출가했으면 석가모니 부처님의 자손 석씨가 되었으니까……. 수리수리 마하수리 수수리 사바하!"

원광스님이 답답하다는 듯 그 승려에게 다시 물었다.

"저 이것 보십시오, 스님. 스님께서 소승에게 중노릇 제대로 하기는 애시당초 틀렸다고 말씀하셨는데요……."

"수리수리 마하수리 수수리 사바하! 그래, 내가 그랬지. 당신은 틀렸어!"

원광법사가 따지듯 물었다.

"하오면 대체 어쩐 까닭으로 틀렸다 하시는지요?"

"불도를 제대로 닦아 나처럼 도사가 되려면 내가 하라는 대로 수리수리 마하수리 수수리 사바하 주문을 외우라는데 내 말을 듣지 않으니 틀렸단 말이지. 수리수리 마하수리 수수리 사바하!"

원광스님이 다시 말했다.

"하지만 소승이 보는 경책은 부처님 말씀이니……."

그 승려는 원광스님의 말을 잘랐다.

"그래, 그래. 쇠고집 왕고집, 마음대로 해봐! 종이에 찍힌 먹물만 들여다본다고 불도가 닦이는 줄 알고? 그렇게 경책만 들여다 봐가지고 불도를 이룬다면 내가 이 손가락에 장을 지지겠다! 암, 이 손가락 하나가 아니라 열 손가락에 장을 지지겠어!"

말을 마친 승려는 벌떡 일어나서는 문을 열고 나가는 것이었다.

바깥에는 여전히 바람 부는 소리와 산짐승 우는 소리가 들렸다.

원광스님이 놀라서 따라 나오며 물었다.

"아니, 이 밤중에 산을 넘어 가시려구요?"

"온 것도 밤중인데 밤중에 왜 못가? 하지만 진짜 캄캄한 밤중에 헤메는 사람은 이 도사가 아니라 바로 당신이란 말이야! 알겠어? 수리수리 마하수리 수수리 사바하!"

승려는 눈을 밟으며 발걸음을 성큼성큼 옮기는 것이었다.

"이것 보십시오 스님, 산짐승이 무섭습니다. 주무시고 가시지요. 이것 보십시오, 스님."

눈만 뜨면 수리수리 마하수리 수수리를 외워대는 자칭 도사라는 승려는 원광스님이 아무리 불러도 뒤도 돌아보지 않고

실성한 사람처럼, 또 수리수리 마하수리를 외워대면서 칠흙같
은 어둠속으로 사라지는 것이었다.

　원광스님은 다시 초막 안으로 들어오는 수밖에 별 도리가 없
었다.

　그런데 그날 밤 원광스님은 자칭 도사라는 승려가 헛소리처
럼 남기고 간 몇마디 때문에 도무지 잠을 이룰 수가 없었다.

　불도를 제대로 이루려면 과연 저 자칭 도사처럼 저렇게 수리
수리 마하수리를 외워야 하는 것인가, 아니면 스승의 유훈대로
부처님의 경책부터 통달해야 하는 것인가?

　원광스님은 이렇게 갈피를 잡지 못한 채 밤을 지새다가 비몽
사몽간에 꿈을 꾸게 되었다.

　꿈에서는 늙은 스승이 원광스님에게 물었다.

　"이것 보아라 원광아!"

　"예, 스님."

　"네가 나한테 와서 삭발득도한 때가 언제이던고?"

　"예, 진흥왕 27년 3월이었사옵니다. "

　"그때 네 나이가 몇 살이었더냐?"

　"예, 스물 다섯이었사옵니다."

　"허면 그로부터 과연 몇 년이 되었는고?"

　"예, 오늘로 십일 년이 되었사옵니다."

그러자 갑자기 스승의 호통소리가 들렸다.

"너 이놈!"

"예, 스님."

"삭발출가한 지 십일 년이 지나도록 허구헌날 그 자리에서만 맴돌고 있다니 대체 그 밥값을 어찌 치르려고 그런단 말이던고?"

스승의 질책에 원광스님은 어찌 할 바를 몰랐다.

"죄송하옵니다, 스님. 대체 불도를 어찌 닦아야 제대로 닦는 것이온지, 스님께서 떠나신 후로는 길을 잃었사옵니다."

"너는 당장 이 삼기산에서 떠나야 할 것이니라!"

삼기산에서 떠나라는 스승의 말에 원광스님은 멍하니 스승을 쳐다보았다.

"…… 어디로 떠나라는 말씀이시온지요, 스님?"

"가르침을 받고자 하거든 마땅히 스승을 찾아갈 생각을 아니 하고 스승이 너에게 찾아오기를 기다린단 말이더냐?"

"아, 아니옵니다. 하오나 대체 어디로 스승을 찾아가라는 말씀이시온지요?"

"너는 여기 있으면 밥도적에 불과할 것이니 당장 떠나야 할 일이로되, 저 멀리 중국으로 가야 마땅할 것이니라!"

"예에? 중국으로요?"

2
중국으로 떠나거라

원광스님은 옛 스승이 어서 삼기산을 떠나 중국으로 들어가라는 불호령을 내리매 크게 놀라 꿈에서 깨었는데, 아무리 생각을 해보아도 그 꿈이 이상했다.

원광스님은 다음날 새벽에 산을 넘어서 자칭 도사를 찾아가게 되었다.

원광스님의 꿈 이야기를 들은 자칭 도사라는 승려는 큰 소리로 웃었다.

"하하하하, 그러니까 간밤에 꾸었다는 그 기이한 꿈을 해몽해달라 그런 말이시지?"

"예, 그렇사옵니다."

답답해 하는 원광스님과는 달리 그 승려는 반농담조로 이야기를 하는 것이었다.

"그런 기이한 꿈은 해몽하고 자시고 할 것도 없는 게야."

"해몽할 필요가 없다니요?"

"꿈도 꿈 나름인데, 그런 꿈은 개꿈이거든. 응? 히히히히-."

원광스님은 말도 안된다는 듯이 손을 저어가며 말했다.

"아니옵니다. 꿈에 스승께서 나타나셨는데, 그 꿈을 어찌 감히 개꿈이라고 할 수 있겠습니까?"

"이것 봐요, 당신이 그렇게 불도를 제대로 닦지 아니하고 경책만 들여다 보고 있으니까 이제 눈에 허깨비가 보이는 것이란 말씀이야."

원광스님은 펄쩍 뛰었다.

"허깨비가 아니었습니다."

"허허, 이 사람, 그래도 내 말을 듣지 않는구면 그래. 아, 오늘부터라도 당장 내가 시키는 대로 수리수리 마하수리 수수리 사바하 주문을 외워보라구. 나처럼 주문만 몇 삼 년 외우고 나면 그런 개꿈같은 것은 꾸지도 않게 될 것이야."

원광스님은 고개를 갸웃거리며 물었다.

"하오면 스님께서는 경책은 보지도 말고 주문만 외우라는 말씀이십니까?"

"아, 옛날 부처님께서도 6년 고행하실 적에 경책을 보고 공부하셨는가?"

"그, 글쎄요. 그건……."

"이것 봐요, 부처님께서는 경책같은 건 본 일도 없으셨다구. 6년 고행 후 한 순간에 척 깨달음을 얻으셨어."

"그, 그건 그렇습니다만……."

"그러니까 불도를 깨닫는 데는 경책 공부같은 것은 말짱 소용없는 일이다, 이런 말이지. 아, 나처럼만 주문을 외우면 앉아서 천 리, 서서는 삼천 리를 내다보게 된다 이런 말씀이야!"

"그러면 스님께서는 과연 그렇게 세상 만사를 달통하셨단 말씀이십니까?"

"아, 그걸 말이라고 하시는 겐가? 난 말씀이야, 앉아서는 천 리를 보고 일어서면 삼천 리를 보는 도사야. 어디 그뿐인가? 눈을 뜨면 천 리를 보고, 눈을 감으면 삼천 리를 본다구."

"…… 눈을 뜨시면 천 리를 보시고 눈을 감으시면 삼천 리라니요?"

"허허, 이 사람 이거 그동안 헛공부를 하더니 도통 불도를 모르는구먼 그래. 두 눈을 똑바로 뜨고 저기 저 산 아래를 보시게. 몇 리나 보이시는가?"

"…… 무슨…… 말씀이신지요?"

"두 눈을 뜨고 보면 기껏해야 2, 3백 리밖에 못볼 것이야. 하지만 두 눈을 감고 보면, 천 리 만 리 떨어진 고향집도 보이는 법, 불도의 이치가 바로 여기 있는 게야. 내 말이 맞나 틀리나 어디 한 번 두 눈을 감아 보시게."

원광스님은 두 눈을 감았다.

"이, 이렇게 말씀이신지요?"

"그래, 두 눈을 감았거든 고향 마을을 바라보시게. 고향 마을이 보이는가, 아니 보이는가?"

"…… 그, 그야 보입니다요."

"이것이 바로 불도의 이치! 뜨고 보면 천 리요, 감고 보면 삼천 리라는 말을 알아 들으시겠는가?"

"…… 아, 예. 잘은 모르겠습니다마는……."

"내가 시키는 대로만 하면 원광도 차차 그 이치를 알게 될 것이야. 수리수리 마하수리 수수리 사바하- 수리수리 마하수리 수수리 사바하-."

이때만 해도 공부가 아직 깊지 아니했을 때인지라 원광스님은 그만 그 자칭 도사의 말에 끌려 마음이 흔들리고 말았다.

그래서 그날밤 삼기산 초막으로 홀로 돌아온 원광스님은 그 자칭 도사가 시킨대로 수리수리 마하수리 수수리 사바하만을 밤새도록 외워대고 있었다.

그런데 그날 밤에도 또 비몽사몽간에 옛 스승이 느닷없이 나타나서는 큰 소리로 꾸짖는 것이었다.

"너 이놈, 원광은 듣거라!"

"아니, 스님!"

원광스님은 꿈속에서 얼른 무릎을 꿇고 앉았다.

그러나 옛 스승은 노기 띤 목소리로 말하는 것이었다.

"너는 어찌하여 스승의 말은 따르지 아니하고 미친 자의 말만을 따르고 있는고?"

"아, 아니옵니다 스님. 그 분은 미친 사람이 아니오라 도사이시옵니다."

"너 이놈! 그 자는 부처의 불자도 모르고, 하늘 천자도 모르고, 수리수리 마하수리가 무슨 말인지도 모르는 까막눈의 미치광이이거늘, 감히 어찌 그자가 시킨대로 미친 짓을 흉내낸단 말이던고?"

원광스님은 옛 스승의 말에 어찌 할 바를 몰랐다.

"하, 하오면 스님. 소승은 대체 어찌하면 좋겠사옵니까요?"

스승은 딱 잘라서 말했다.

"여러 소리 할 것 없다. 원광 너는 이 삼기산을 떠나 중국으로 들어가면 불도를 이룰 것이요, 그렇지 아니하면 이 삼기산 산짐승들에게 잡아 먹히고 말 것이니라."

원광스님은 온 몸에 소름이 끼칠만큼 두려웠다.

"사, 산짐승들에게 잡아 먹힐것이라구요, 스님?"

"다시 한 번 이르거니와 너는 하루 빨리 이 삼기산을 떠나 중국으로 들어가서 불도를 닦아야 할 것이요, 만일 이 말을 어기면 너는 결코 산짐승의 밥을 면치 못할 것이니라."

"하오면 스님, 스님, 스니임-."

원광스님은 꿈 속에서 옛 스승을 애타게 부르다가 번쩍 정신이 들었다.

"아아, 이거 내가 또 꿈을 꾸었구나."

그날 따라 산짐승 우는 소리가 유난히도 크게 들려왔다.

원광스님은 혼자 중얼거렸다.

"…… 이 산을 떠나지 아니하면 바로 저 산짐승의 밥을 면치 못한다구?"

원광스님은 또다시 기이한 꿈을 꾼 뒤 밤새도록 울부짖는 산짐승 울음 소리에 도저히 잠을 이룰 수가 없었다.

밤새도록 울부짖는 산짐승 소리는 참으로 금방이라도 초막으로 뛰어들어 잡아먹고 말겠다는 듯이 유난히도 극성스러웠으니 원광스님은 잠시라도 눈을 붙일 수가 없었다.

원광스님은 마치 눈 앞에 옛 스승이라도 있는 것처럼 혼자소리를 하는 것이었다.

"스님, 스님께서는 소승에게 이 삼기산을 떠나라 당부하셨사옵니다. 그리고 중국 땅으로 들어가 불도를 이루라 하셨사옵니다. 만일 그렇지 아니하면 바로 저 산짐승의 밥을 면치 못한다 하셨습니다."

원광스님에게는 산짐승의 우는 소리가 더 커지는 것처럼 느껴졌다.

"알겠습니다 스님, 소승 오늘밤만 지새고 나면 반드시 이 삼기산을 떠날 것이오니, 용서하십시오. 반드시 떠나겠습니다. 그리고 반드시 스님의 분부를 받들어 중국으로 들어가서 기어이 불도를 이루겠사옵니다."

원광스님은 엎드려서 빌었다.

"오늘 밤만, 오늘 밤만 지켜 주십시오. 스님, 오늘 밤만 지켜 주십시오."

원광스님은 밤새도록 산짐승 소리에 시달리다가 날이 밝아오자마자 바랑을 챙겨 짊어지고 초막을 나섰다.

원광스님이 허겁지겁 산길을 더듬어 내려가고 있는데 느닷없이 앞을 가로막고 나서는 사람이 있었다.

원광스님은 깜짝 놀라서 앞을 쳐다보았다.

자칭 도사 스님이었다.

"하하하하, 이것 봐 원광!"

"아, 아니 어쩐 일이시옵니까?"

"앉아서는 천 리요, 일어서면 삼천 리! 내 그대가 올 줄 알고 있었지."

"참으로…… 알고 계셨단 말씀이십니까요?"

"수리수리 마하수리 수수리 사바하! 오늘은 또 나한테 무엇을 물어보고 싶은가? 또 해몽을 해달라는 말인가?"

"아, 아니옵니다. 그, 그보다도 세상 만사를 참으로 달통하셨다면 소승에게 한 가지만 일러 주십시오."

"암, 일러주고 말고! 그래 대체 무엇을 알고 싶으신가?"

"예, 저 중국 땅으로 들어가려면 어디로 가야 옳겠는지 그것을 좀 일러주십시오."

원광스님이 중국이라는 말을 하자 도사 스님은 깜짝 놀라는 것이었다.

"무엇이라구? 중국?"

"예."

"중국 가는 길은 대체 무슨 까닭으로 물으시는 겐가?"

"아, 예. 소승이 중국에 들어가서 불도를 닦을까 해서 그렇사옵니다."

도사 스님은 그말에 기가 막히다는 표정을 지었다.

"허허, 이 사람 정말 정신 나갔구먼. 죽을려고 작정을 했는가?"

"그…… 그런게 아니옵구요, 스님."

"이것 봐! 우리 신라 땅에서 중국을 가자고 하면 북쪽으로는 고구려 땅을 거쳐야 할 것이요, 또 서쪽으로는 백제 땅을 거쳐서 배를 타고 건너야 할 것인즉, 고구려도 원수 나라요, 백제도 원수 나라이니 감히 어찌 살아서 그 땅을 통과할 수 있단 말인가!"

그러나 도사 스님의 말에 원광스님은 그다지 신경을 쓰지 않는 듯 했다.

"설마 아무리 원수 나라 사이라 한들 머리 깎은 출가 수행자를 죽이기야 하겠습니까?"

도사 스님은 원광스님이 그렇게 나오자 기가 막히다는 듯 혀를 찼다.

"허허, 이 사람 참으로 불도에만 어두운 줄 알았더니 세상 소식도 깜깜 절벽이로구먼 그래. 신라, 백제, 고구려는 서로 원수 나라! 붙잡았다 하면 사람이건 짐승이건 불문곡직 죽이고 보는 세상, 만일 원광이 경계를 넘으면 반드시 사흘 안에 목을 잘릴 것이야."

그말에 원광스님의 목소리가 조금 달라졌다.

"정말 그렇게 죽임을 당한단 말씀이십니까?"

"우리 신라 군사한테 잡히면 배반자로 죽을 것이요, 적국 군사한테 잡히면 첩자로 죽을 것이니, 이래도 죽고 저래도 죽고 양단간에 다 죽어! 바로 이것이 이 도사가 깨달은 불도의 이치야. 수리수리 마하수리 수수리 사바하-."

원광스님이 자칭 도사의 말을 듣고 곰곰이 생각을 해보니 과연 백제와 고구려와 신라는 서로 쳐들어가고 싸우는 적국 관계라, 고구려 땅을 통과해서 갈 수도 없고 그렇다고 백제 땅을 거칠 수도 없는 일이었다.

그렇다고 꿈에서 당부하신 스승의 말씀을 거역할 수도 없는 일이었다.

원광스님의 귀에는 스승의 목소리가 다시 들리는 듯 했다.

"너는 중국 땅에 들어가면 반드시 불도를 이룰 것이요, 만일 그러지 아니하고 이 삼기산에 그대로 머물면 너는 반드시 산짐승의 밥을 면치 못할 것이니라!"

원광스님은 꿈속에 들은 스승의 불호령을 다시 한 번 상기하고는 한사코 붙잡는 자칭 도사 스님의 만류를 뿌리친 채 기어이 삼기산을 내려왔다.

삼기산에 더 이상 머물렀다가는 산짐승의 밥을 면치 못할 것이라는 데는 아무리 꿈속의 이야기라고 한들 그냥 있을 수가 없었던 것이다.

삼기산에서 내려온 원광스님이 당도한 곳은 바닷가였다.

여러 가지 옛 문헌들의 기록을 더듬어 추측을 하자면, 아마도 지금의 울산 포구 근처였던 모양이다.

그러나 이 당시 동해 포구에 중국으로 가는 배편이 있을 리가 없었으니, 신라 땅 동해 포구에서 중국으로 간다는 것은 막막한 일이었다.

원광스님은 지금의 울산 포구 근처의 바닷가에 이르러 한 어부의 집에 들어가게 되었다.

원광스님이 들어서자 개가 마구 짖어대는 것이었다.

어부가 뛰어나오며 소리쳤다.

"허허, 이런 망할 놈의 개같으니라구. 아, 저리 가지 못하겠느냐!"

원광스님이 웃으며 어부에게 말했다.

"그냥 내버려 두십시오. 개가 낯선 사람을 보고 짖는거야 당연한 일 아니겠습니까?"

"아무리 그래도 그렇지요. 원, 아 손님이 왔을 적에 이렇게 자꾸 짖어대면 무안해서요."

원광스님이 손을 내저으며 주인을 만류했다.

"상관하실 것 조금도 없습니다. 아, 낯선 사람을 보고도 짖지 아니한다면 그거야말로 개가 밥값을 못하는 것이지요."

어부는 그렇게 말하는 원광스님을 자세히 쳐다보는 것이었다.

"그, 그러고보니 스님께서는 아주 도가 깊어 보이십니다요?"

"원 무슨 그런 말씀을요. 공부도 짧고 도가 얕은지라 그래서 공부하러 가려고 이렇게 산에서 내려왔습지요."

원광스님이 공부하러 간다고 하자 어부의 눈이 휘둥그레졌다.

"그, 그러니까 스님께서 아까 말씀하시기를 배를 구한다고 그러셨던가요?"

"예, 그렇습니다."

"그래 여기서 배를 타고 바다 건너 저 왜구 나라에 가시려구요?"

"아, 아닙니다. 소승은 왜구 나라에 가려는 게 아니라 중국 땅으로 들어갈 작정입니다."

원광스님이 중국 땅으로 간다고 하자 어부는 깜짝 놀라서 다시 물었다.

"아니 그 중국이라면 대체 어느 쪽에 있는 나라인데 여기 와서 거기 가는 배편을 구한단 말이십니까?"

"그야 물론 중국은 서쪽에 있는 나라이지요."

어부는 어이없는 표정으로 원광스님을 쳐다보았다.

"허허, 나 이런 참! 이것 보십시오, 스님. 여기는 동쪽 바닷가입니다요. 아, 중국 가는 배편을 알아보시려면 서쪽 바다로 가야 할 것이지, 이거야말로 바닷가에 와서 산신령을 찾는 격입니다요."

어부의 말에도 원광법사는 태연하게 물었다.

"동서남북이야 잘 압지요. 허나 북쪽은 고구려가 길을 막고 있고, 서쪽 또한 백제 땅이니 신라 백성이 배를 타자면 동해가 아니면 어디서 타겠소이까?"

어부는 고개를 갸우뚱하며 말했다.

"글쎄올습니다요. 더러더러 왜구 나라에 가는 배편은 보았소이다마는 중국 가는 배편은 아직 보질 못했으니 구룡포에나 가서 한 번 알아 보시지요."

지금 생각을 해보아도, 동해 바닷가 포구에 가서 서쪽 나라 중국으로 가는 배편을 구한다는 것은 참으로 가당치도 않은 일이었다.

허나 북쪽으로도 갈수 없고, 서쪽으로도 갈 수 없는 삼국 시대였으니, 원광스님은 하는 수 없이 발길을 옮겨서 또 다른 포구 마을을 찾아들었다.

원광스님은 나이가 들어 보이는 한 노인에게 사정 이야기를 하였다.

사정 이야기를 들은 노인이 원광법사에게 물었다.

"중국으로 건너가는 배편을 구하신다구요?"

"그렇습니다. 혹시라도……."

노인은 고개를 설레설레 저으며 말했다.

"내 육십 평생에 중국 간다는 배편을 한 번 보았던가, 두 번 보았던가……? 아, 그래 꼭 두 번 보았구먼 그래."

원광스님이 두 눈을 반짝이며 물었다.

"하오면 가끔씩 그런 배가 있긴 있었습니까요, 어르신?"

"가끔씩이 아니지. 아, 내 육십 평생에 꼭 두 번 보았으니 그 야말로 꿈에 떡 얻어 먹기보다도 더 힘들 것이오."

그래도 원광스님은 다시 한 번 묻는 것이었다.

"하지만, 이 근처 포구에 어쩌다가 한 번씩은 그런 배가 들어오긴 들어온다, 그런 말씀 아니시겠습니까?"

원광스님의 물음에 노인은 고개를 갸웃거렸다.

"그, 그야 어쩌다 한 번씩은 들어올 수도 있지. 태풍을 만나면 바람에 밀려들어 오기도 하지. 어떨 때는 바람에 밀려 빈 배가 들어오기도 하니까 말씀이야."

동해 포구에서 중국으로 가는 배편을 만난다는 것은 참으로 기약조차 할 수 없는 일이었다.

그러나 원광스님은 배편이 당장 없다고 해서 구법의 길을 단념할 수도 없는 일이라 포구에서 가까운 동해안 바위굴에 거처를 정해놓고 탁발로 연명해 가면서 중국으로 가는 배편이

나타나기만을 기다리는 도리밖에 없었다.

어느덧 그러기를 석 달이 지나가고 있었다.

하루는 한 어부가 급히 뛰어오며 원광스님을 불렀다.

"이것 보십시오, 스님. 스님, 스님 계십니까요? 스님-."

원광스님이 바위굴에서 나왔다.

"아, 예. 소승 여기 있습니다만……."

어부는 반가운 듯이 뛰어왔다.

"어이구 참, 마침 계셨습니다요."

"어쩐 일로 이렇게 저를 다 찾아주셨는지요?"

"아, 예. 저, 제 아버님께서 일전에 울산 포구엘 다녀오셨는데 말씀입니다."

"예, 말씀하시지요."

어부는 뛰어오느라고 숨이 찼던지 숨을 몰아 쉬었다.

"아, 글쎄 그 울산 포구에 중국 진나라에서 온 배 한 척이 있더라지 뭐겠습니까요."

중국 진나라에서 온 배가 있다는 말에 원광스님의 눈빛이 빛났다.

"예? 우, 울산 포구에요?"

"예, 지난 겨울에 진나라 사신들이 타고 온 배라는데 그동안 바람이 거센데다가 파도가 높아 여태껏 돌아가지 못하고 있다가 며칠 후면 중국으로 돌아간다고 하더랍니요."

원광스님의 얼굴이 밝아졌다.

"아이구 이거, 이렇게 반가운 소식을 알려주셔서 참으로 고맙습니다."

"아버님께서 돌아오시자마자 어서 스님께 이 사실을 알려드리라고 해서 한 걸음에 달려왔습니다요."

원광스님이 몇 번씩이나 고개를 숙였다.

"참으로 고맙습니다. 그, 그러면 소승 곧바로 울산 포구로 가봐야겠습니다."

"그, 그러셔야지요. 여기서 울산 포구까지는 걸어가시는 것보다는 제가 배로 모셔다 드리는 것이 빠를 것이니 어서 짐이나 꾸리십시오."

원광스님은 어부가 너무나도 고마웠다.

"고, 고맙습니다. 참으로 고맙습니다."

원광스님이 마음씨 착한 어부의 배를 얻어 타고 울산 포구로 돌아드니 과연 포구 안에는 우리나라 고깃배들보다 한층 더 크고 장엄한 중국배 한 척이 정박하고 있었다.

어부가 손가락으로 중국배를 가리켰다.

"스님, 저길 보십시오. 저기 있는 저 커다란 배가 중국배입니다요."

"오, 과연 중국에서 온 배라는 걸 한 눈에 알아보겠구료."

원광스님이 일어서려하자 어부가 말렸다.

"아직 일어나지 마십시오. 제가 배를 포구에 대어드릴 것이오니 그때까지는 그대로 앉아계셔야 합니다."

"이거 참으로 두 부자분의 은혜를 어찌 다 갚아야 할지 몸둘 바를 모르겠구료."

어부는 원광스님을 쳐다보며 걱정스럽게 말했다.

"중국배를 만나기는 용케 만나셨습니다마는 걱정입니다요."

"걱정이라니요?"

"아버님께서 그러시는데 중국 사람들은 세상에서 인색하기로 첫째 가는 사람들이라 배를 태워주기나 할지 그것이 걱정이라고 하셨습니다."

"설마한들 저렇게 커다란 배에 나 한 사람 태워주지 아니할려구요."

갑자기 어부가 생각난다는 듯 말했다.

"만약에 말씀입니다요, 중국 뱃사람들이 순순히 태워주지 아니하거들랑 말씀입니다."

"예."

"그땐 스님께서 염불을 해주시면 효험이 있을 것이라고 아버님께서 그러셨습니다요."

원광스님은 어부의 그말을 얼른 알아듣지 못했다.

"염불을 해주라니요?"

"뱃사람들은 바람을 무서워하고 파도에 겁을 먹으니 자기들의 무사 항해를 비는 염불을 해주면 좋아할 것이라고 그러셨습니다."

원광스님이 고개를 끄덕였다.

"아, 예. 나이 많으신 어르신이라 역시 생각하시는 바가 깊으십니다 그려. 내 명심해서 기어이 배를 얻어 탈 것이라고 아버님께 전해주십시오."

"자, 이제 다 왔습니다요. 이제 뱃머리가 모래밭에 닿았습니다. 어서 내리시지요."

"이거 참으로 큰 신세를 졌소이다."

"어서 내리시기나 하십시오."

"그, 그럽시다."

원광스님은 모래밭으로 내려섰다.

"내 결코 이 은혜 잊지 아니할 것이오."

"중국에 가시거든 우리 나라 잘 되라고 부처님께 축원이나 잘 해주십시오. 그리고 우리 백성들 헐벗고 굶주리지 아니하게 기도도 해주시구요."

"명심하겠소이다. 비록 내 중국에 가기를 원하나 어찌 신라

중이 나라를 잊을 것이며 중생들을 잊을 수 있겠소이까? 아버
님께도 고맙다는 인사 꼭 전해주시오."

3
중국 사신의 배를 얻어타다

울산 포구 모래밭에서 마음씨 착한 어부와 작별한 원광스님은 그 길로 걸음을 재촉해서 중국배가 정박해 있는 곳으로 다가갔다.

내일 아침이면 떠날 것이라는 중국배는 양식을 싣는다, 물을 싣는다, 채소를 싣는다 한참 바쁘게 돌아가고 있었다.

원광스님이 바랑 하나를 짊어진 채 중국 뱃사람에게 다가가 사정을 이야기하고 배를 태워줄것을 간청하였다.

"무엇이라고? 당신을 우리 배에 태워달라고?"

"그렇소이다."

중국 뱃사람이 말도 안된다는 듯이 말했다.

"이 사람 이거, 우리 배는 그런 배가 아니야."

원광스님이 애타게 다시 말했다.

"그러시지 말고 제발 좀 태워주십시오."

"하하 이 사람 이거! 우리 배는 장사꾼 태워주는 그런 배가 아니야! 장사꾼은 못태워!"

"이것 보십시오. 보시다시피 나는 장사꾼이 아니올시다. 삭발 출가한 부처님 제자, 승려란 말씀입니다."

원광스님이 아무리 사정을 해도 중국 뱃사람은 막무가내였다.

"글쎄, 글쎄 장사꾼도 안되고 승려도 안되고, 아무도 못태워 준다! 이 배는 아무나 함부로 태우는 배가 아니야."

"알고 있습니다. 이 배는 중국 진나라의 벼슬 높은 사신들이 타고 오신 배가 아닙니까? 그렇습지요?"

"그래, 그래. 벼슬 높은 우리 진나라 사신께서 타고 오신 배 야. 그러니 아무도 못태운다!"

원광법사가 다시 간청하였다.

"이것 보십시오. 소승은 중국 진나라에 들어가서 불도를 닦 고자 이 바닷가에서 중국 가는 배편을 기다리느라고 몇 달째 있었습니다."

"하하, 이 사람이 안된다 하면 안되는 줄 알 것이지 어찌 이 리 귀찮게 하나? 저리 비키란 말이다, 비켜!"

그래도 물러서지 않고 원광스님이 애걸하였다.

"제발 부탁입니다. 이만한 큰 배에 소승 하나 더 태운다고 해서 안될 일이 무엇이 있겠습니까?"

"글쎄, 글쎄 이 배가 감히 무슨 배인줄 알고 태워달라고 하는 게야! 우리 사람이 한 번 안된다고 하면 열 번 백 번 말해도 안된다 안돼! 저리 비켜라, 비켜!"

원광스님은 애가 닳았다.

"이것 보십시오. 이렇게 간절히 빌고 소원하면 죽은 사람 소원도 들어줄 일이거늘 어찌 이리 안된다고만 하십니까? 다시 한 번 생각하시고 제발 좀 태워주도록 하십시오."

원광스님이 자꾸만 졸라대자 중국 뱃사람이 크게 소리를 질렀다.

"이 사람이 이거! 정 이렇게 귀찮게 굴면 신라 조정에 고해 바쳐가지고 잡아가게 할 것이야. 잡혀가서 매를 맞고 싶어? 잡혀가지 않으려면 어서 썩 물러가란 말이야!"

아무리 부탁해도 소용이 없자, 원광법사는 다른 방도를 생각하는 수 밖에 없었다.

"그러면 한 가지 부탁이 있으니 들어주시오."

"부탁? 무슨 부탁인데?"

"진나라에서 오신 사신 어른을 만나뵙게 해주시오."

"무엇이? 우리 사신 어른을 만나게 해달라고?"

바닷가에서 태어나 바닷가에서 한평생을 살아온 늙은 어부가 육십 평생에 한두 번 볼까 말까 한다는 중국행 배편, 바로 그 중국으로 가는 중국배가 포구에 정박해 있으니 이거야말로 두 번 다시 만나기 어려운 일이었다.

원광스님은 사생을 결단할 각오를 단단히 하고 중국 진나라 사신이 오는 길목을 가로막고 서서 마냥 기다렸다.

얼마나 기다렸을까! 앞에서 사신을 태운 말과 군졸이 오는 것이었다.

길을 막고 서있는 원광스님에게 군졸이 호통을 쳤다.

"너 이놈! 진나라 사신께서 납시는 길이거늘 감히 어찌 길을 막고 서 있는고? 냉큼 비키지 못하겠느냐?"

원광스님은 공손하게 인사를 한후 정중하게 말했다.

"소승, 진나라에서 오신 사신을 만나뵙고자 어젯밤부터 꼼짝하지 아니하고 이 자리에 서 있었사오니 부디 인사를 드리도록 허락하여 주십시오."

"아니, 저런 발칙한 놈을 보았는가! 저, 저놈을 당장에⋯⋯."

그리고는 군졸이 벌컥 화를 내며 다짜고짜 칼을 뽑아드는 것이었다.

"이 칼로 목을 베고 말 것이니라!"

바로 그때 중국 사신이 끼어들었다.

"아아, 잠시만 진정하시오! 나로 말할 것 같으면 우리 진나라와 신라국 사이에 선린우호를 의논코자 바다를 건너온 사절이거늘 떠나는 마당에 신라 백성의 피를 보아서야 도리가 아닐 것이오."

사신의 만류에 군졸은 겸연쩍은 표정으로 사신을 쳐다보았다.

"하, 하오면 대체 저 자를 어찌 하면 좋을지 하명만 내려주십시오."

중국 사신이 손을 들어 군졸에게 잠깐만 기다리라는 표시를 하였다.

"아아, 잠시만 진정하시오. 얼핏 듣자하니 나를 만나려고 밤새도록 서 있었다 하던데……?"

원광스님은 한 발자국 더 앞으로 나서며 말했다.

"그렇사옵니다. 소승으로 말씀을 올리자면……."

그러나 군졸이 또 원광스님의 말을 가로막는 것이었다.

"저, 저런 발칙한 놈을 보았는가!"

중국 사신이 다시 군졸을 제지하였다.

"허허, 잠시만 진정하래두요! 그래, 그대는 보아하니 출가 승려 신분같은데?"

원광스님이 그말에 얼른 대답했다.

"그렇사옵니다."

"허면, 대체 어쩐 까닭으로 나를 만나려고 밤새도록 이 자리를 지키고 있었단 말이시오?"

"예, 소승은 진나라에 들어가 불도를 공부하는 것이 소원이오나, 북쪽으로는 고구려가 길을 가로막고 서쪽으로는 백제가 월경(越境)을 금하는지라 갈 길은 오직 선편뿐이온데, 마침 사신께서 타고 오신 배가 돌아간다 하니 이 한 몸을 태워주시와 소승의 소원을 이룰 수 있도록 해주십사 간청을 드리고자 이렇게 대령하고 있었사옵니다."

가만히 듣고있던 군졸이 다시 나섰다.

"원 저, 저런 뻔뻔스런 놈을 보았는가!"

사신이 다시 군졸을 막았다.

"아아, 잠시만 진정하시오! 그래, 진나라에 가서 불도를 닦기를 소원하게 되었단 말이시오?"

"듣자하니 진나라 서울 금릉에는 사찰의 수효만 해도 칠백이 넘는다고 하였으니, 불교가 얼마나 흥왕되었는지 짐작할 수 있을 것이옵니다. 그토록 불교가 흥왕한 나라에는 반드시 큰 스승이 많이 계실 것이라, 도가 깊고 덕이 높으신 스승 밑에서 불도를 닦고자 해서이옵니다."

원광스님의 말을 들은 사신이 고개를 끄덕였다.

"허, 그것 참 소상히도 알고 있구먼. 그래요, 우리 진나라의 서울 금릉에는 우리 무제 폐하께서 다시 세우신 사찰이 칠백 개가 넘지요."

군졸이 다시 끼어들었다.

"더 이상 지체하심은 도리가 아니오니 저 자를 그만 잡아가 도록 하겠습니다."

군졸은 금방이라도 원광스님을 잡아갈 기세였다.

"허허, 잠시만 더 진정하시오. 그래, 우리 진나라에 들어가서 불도를 닦고 싶으니 우리 배에 태워달라 그런 말씀이시오?"

중국 사신이 다시 군졸을 진정시킨 후 원광스님에게 묻자, 원광스님이 간절한 표정으로 중국 사신을 쳐다보며 대답했다.

"그렇사옵니다."

가만히 원광스님을 쳐다보던 중국 사신이 이번에는 군졸을 불렀다.

"허허허허, 이것 보시오."

"예."

군졸이 대답하자 중국 사신이 말했다.

"이 신라에서는 아직 불도가 성행치 아니해서 승려 대접이 말씀이 아닌것 같소이다마는, 우리 진나라에서는 황제 폐하께 옵서도 불도를 지극 정성으로 신봉하시는 터라 승려 모시기를 자식이 부모님 모시듯 하는 터!"

군졸이 고개를 조아리며 대답했다.

"아, 예. 그, 그렇습니까?"

"내 저 스님의 소원을 흔쾌히 들어드릴 것이니 스님은 어서 우리 배에 오르도록 하시오!"

원광스님의 얼굴이 밝아짐과 동시에 군졸의 얼굴이 험악해졌다.

"예에? 아니, 그럼 저 자를……?"

중국 사신이 군졸을 향하여 호통을 쳤다.

"말씀을 삼가시오! 감히 어찌 출가 수행자를 그렇게 부른단 말이시오? 자, 스님께선 어서 우리 배에 오르도록 하십시오!"

원광스님은 기뻐서 어찌할 바를 몰랐다.

"고, 고맙습니다 사신어른, 참으로 고맙습니다."

지극 정성이면 하늘도 감복한다고 그랬으니, 부처님의 도움이었는지 원광스님은 이렇게 해서 뜻하지 아니하게도 중국 진나라 사신의 도움으로, 진나라로 돌아가는 사신의 배를 타고 꿈에도 그리던 중국 유학길에 오르게 되었다.

원광스님을 태운 배는 드넓은 바다를 헤치고 서남쪽으로, 서남쪽으로 달려가고 있었다.

사신이 원광스님에게 말했다.

"이것 보시오, 신라 스님."

"예."

"우리 진나라 서울 금릉에 사찰이 칠백 개도 넘는다는 사실을 어떻게 알고 계셨소이까?"

"예, 소승의 스승께서 그렇게 일러 주셨습지요."

"허, 그래요? 내 그러면 스님을 금릉에서도 가장 큰 사찰인 장엄사로 모셔다 드리겠습니다. 그러니 아무 걱정 마시고 불도나 열심히 잘 닦도록 하십시오."

"고맙습니다, 참으로 고맙습니다."

원광스님이 지금의 울산 포구에서 중국 진나라 사신의 배를 얻어 타고 우리나라를 떠난 것은 신라 25대 진지왕 3년의 일이었으니 서기로는 578년이요, 원광스님의 세속 나이로는 설흔일곱의 일이었다.

이 당시 원광스님을 태운 배가 몇 달 몇 일간에 걸친 항해를 했는지, 그 자세한 일은 옛 문헌에 기록되어 있지 않아서 알 길이 없다.

그러나 옛 문헌인 중국의 당고승전을 보면 원광법사가 당도한 곳은 분명히 밝혀져 있으니, 그곳이 바로 당시 중국 진나라의 서울이었던 금릉이었고, 이 금릉은 지금의 남경인 것이다.

원광스님은 사신의 뜻에 따라 객사에서 머물렀다.

그러던 어느날이었다.

사신이 느닷없이 원광스님을 찾아온 것이었다.

"으흠, 이 객사에 신라 스님 계시옵니까?"

원광스님이 반갑게 뛰어나가서 사신을 맞았다.

"아이구, 이거 고단하실 터인데 일부러 이렇게 또 찾아주셨습니까요?"

"그래, 며칠 객사에서 잘 쉬셨소이까?"

"예, 여러 가지로 분부를 내려주신 덕분에 분에 넘치는 호사를 하고 있었사옵니다."

사신은 만족한 듯 고개를 끄덕인 후 다시 물었다.

"음식에 각별히 정성을 들이라고 했습니다마는 과연 입에 맞으셨는지요?"

"아 예, 소승은 출가 당시부터 음식을 가려서는 아니된다는 은사님의 특별한 가르침을 받았기로 아무거나 가리지 아니합니다."

"신라에서 대사님이 오셨으니 예절에 한치의 어긋남이 없도록 각별히 잘 모시라고 했습니다마는 혹시 소홀한 점은 없었는지요?"

사신이 자신에게 대사님이라는 호칭을 쓰자 원광스님은 어찌할 바를 몰라했다.

"아이구, 아니옵니다. 소승은 이제 불도를 배우러 온 학승에 불과하거늘 어찌 그런 농담을 다 하십니까요?"

사신이 고개를 저으며 말했다.

"아니옵니다. 그동안 뱃길에서 스님의 도를 접하고 공부를 보았거늘, 내가 스님을 대사라고 부른다한들 무슨 손색이 있겠소이까?"

"아, 아니옵니다. 제발 부탁이오니 이제부터라도 반드시 소승을 신라 학승이라 불러주십시오."

원광스님이 간곡히 말하자 사신이 말했다.

"하지만 이것 한 가지는 아셔야 합니다."

"…… 무슨…… 말씀이시온지요?"

"신라에서는 어떤지 모를 일이긴 합니다마는, 우리 진나라에서는 지나친 겸손은 비례(非禮)가 됩니다요."

"아이구 원 무슨 그런 말씀을요."

잠시후 사신은 품 속에서 편지를 꺼내는 것이었다.

그리고는 원광스님에게 내밀며 말했다.

"자, 이 서찰을 받아 두십시오."

원광스님이 어리둥절하여 물었다.

"…… 무슨…… 서찰이시온지요?"

"예, 우리 진나라 서울 금릉에 있는 칠백 개의 사찰 가운데서 가장 큰 사찰이 장엄사라고 말씀을 드렸습니다만……."

"예."

"바로 그 장엄사에 내 사촌 형님되시는 분이 주지로 계시온데, 저 유명한 승민대사의 법제자 되십니다."

"아, 예."

"큰 스승 밑에서 공부하고 싶다고 하셨으니 그분 문하에 들어가시면 좋을 것 같아서 내 이렇게 주지스님께 서찰을 써 왔으니 찾아뵙고 이 서찰을 전하도록 하십시오."

원광스님은 고마운 마음에 몸둘 바를 몰랐다.

"아이구 이거 원, 배를 태워주신 은혜만 해도 백골난망이거늘 이렇게 또 높은 스님께 서찰까지 써 주시니 참으로 송구스러워 몸 둘 바를 모르겠사옵니다."

사신은 가볍게 웃으며 말을 이었다.

"이 객사에서 사나흘 더 쉬신 뒤에 장엄사로 안내해 달라고 말씀만 하시면 여기 있는 아이들이 모시고 갈 것이옵니다."

원광스님은 참으로 전생에 지어놓은 복이 많았는지 중국 진나라의 서울 금릉에 당도한 후 극진한 대접을 받으며 며칠을 잘 쉰 다음, 저 유명한 금릉의 대표적인 사찰 장엄사를 찾아가게 되었다.

4
모든 중생을 자식처럼 보살펴라

금릉의 장엄사는 수백 명이 넘는 승려들이 수행하고 있는 큰 사찰로서 글자 그대로 장엄하기 그지없는 그런 사찰이었다.

경내는 수많은 승려들의 독경 소리로 가득했다.

이윽고 원광스님은 중국 승려의 안내를 받아 이 장엄사 주지인 큰스님께 인사를 올리게 되었다.

황금색 가사를 입고 계신 주지 큰스님은 원광스님이 전해 올린 서찰을 천천히 펼친 후 읽기 시작했다.

그리고는 잠시 후 입을 열었다.

"그래…… 바다 건너 해동국 신라 땅에서 오셨는가?"

"예, 그러하옵니다."

원광스님이 대답하자 주지 큰스님은 원광법사를 한 번 쳐다보고는 다시 물었다.

"……허면, 부처님 경은 어느 경을 보았는고?"

"예, 신라에는 아직 부처님 경이 희귀한 형편이오라 겨우 열반경을 좀 보았사옵니다."

그러자 주지스님은 갑자기 엄한 목소리로 원광스님에게 말했다.

"허면 내 한 가지 물을 것이니 지체없이 일러야 할 것이야!"

"…… 예."

"만일 그대가 참으로 십여 년 세월을 허송했다면 이는 부처님을 속이고 중생을 속이고 밥도적질을 해온 셈이니 마땅히 매맞아 죽어도 할 말이 없을 터!"

주지스님은 주장자로 바닥을 내리친 후 다시 입을 열었다.

"이 주장자로 가차없이 삼십 방을 후려칠 것이니 정신 번쩍 차리고 일러야 할 것이야!"

주지스님의 서슬에 놀라 원광스님은 기어들어가는 목소리로 겨우 대답했다.

"…… 예에……."

장엄사 주지 큰스님은 조금전까지만 해도 인자한 할아버지같은 포근한 얼굴이었다.

그런데 원광스님을 앞에 앉혀놓고 하문하겠다고 선언하면서부터는 그 얼굴에서 싸늘한 냉기가 전해지는 것이었으니 원광스님은 숨을 죽이고 주지 큰스님의 다음 말씀을 기다리고 있었다.

드디어 주지 큰스님의 냉랭한 목소리가 들렸다.

"그대는 분명히 부처님 경 가운데서 열반경을 보았다고 그랬으렷다?"

"…… 예."

"허면, 열반경 가운데 장수품을 보았으렷다?"

"…… 예."

주지 큰스님이 다시 주장자를 내리쳤다.

"쿵! 쿵! 쿵!"

그리고는 다시 말문을 이었다.

"내 이를 것이니 자세히 들으라."

"…… 예."

"부처님께서 제자 가사파에게 말씀하셨느니라. '어떤 업이 보리를 이룰 씨앗이 될 것인지 자세히 이를 것인즉 지성으로 들어 그 이치를 알고, 다른 사람에게도 널리 알려주어야 할 것이다.

나도 그러한 업을 쌓아 바른 깨달음을 얻었고, 지금 그 이치를 말하는 것이니라.' 부처님께서 이렇게 말씀하시고 가사파에게 무엇과 무엇을 이르셨던고?"

말을 끝낸 주지 큰스님은 다시 주장자를 내리치며 다그쳤다.

"지체하지 말고 바로 일러라!"

원광스님은 주지 큰스님의 서슬에 놀라 얼른 대답했다.

"예. 보살이 오래 살려거든 모든 중생을 자식처럼 보살펴야 한다고 이르셨습니다."

"그 다음에는 또 뭐라고 이르셨는고?"

"…… 예."

원광스님이 꾸물거리자 주지스님이 다시 주장자를 내리치는 것이었다.

"지체하지 말라는데 무엇을 꾸물거리는고?"

"예, 보살은 모든 중생을 크게 사랑해야 할 것이니 이것이 대자요, 보살은 모든 중생을 크게 불쌍히 여겨야 할 것이니 이것이 대비이며, 중생의 기쁨을 크게 기뻐해야 하니 이것이 대희요, 모든 것을 크게 버려야 할 것이니 이것이 대사라 이르셨사옵니다."

"그 다음에는 또 어찌 하라 이르셨더냐?"

"예, 모든 중생들로 하여금 평등한 마음을 지녀 살생하지 아니하는 계행을 지키도록 할 것이며, 선한 법을 가르쳐야 할 것이니 모든 중생들로 하여금 오계와 십선에 의지해 살도록 하라고 이르셨사옵니다."

주지스님은 고개를 끄덕인 후 다시 물었다.

"부처님께서는 열반경 장수품에서 또 덧붙여 이르신 게 있느니라."

"…… 예. 지옥, 아귀, 축생, 아수라의 세계를 다니면서 고통받는 중생을 건지라 하셨고, 해탈하지 못한 이는 해탈케 하고, 헤메는 중생은 건져내고, 열반을 얻지 못한 중생은 열반을 얻게 하고, 두려움에 떠는 중생은 그 마음을 편안케 해주어야 한다고 이르셨사옵니다."

"부처님께서 열반경 장수품에 그렇게 이르셨음이 분명하더냐?"

"…… 예, 분명히 그렇게 이르셨사옵니다."

"허면 그대는 그 말씀을 배운 후에 과연 몇몇 중생을 건져내 주었는고?"

"…….."

원광스님은 그 물음에 아무 대답도 할 수가 없었다.

주지스님이 다시 주장자를 내리치며 재촉했다.

"어찌해서 이르지 못하는고?"

"말씀드리기 부끄럽사오나 산 속에 홀로 들어가 공부하는데 급급했던 까닭으로 어느 한 중생도 아직 건져주지 못했사옵니다."

원광스님의 등으로 주장자가 날아왔다.

"삭발 출가한 자는 편히 먹고 편히 자며 경책에 적혀 있는 글귀를 읽고 보고 쓰기나 하는 학생이 아니요, 부처님을 모신 사찰은 글이나 가르치는 서당이 아니니, 너는 마땅히 내 앞에서 물러나야 할 것이다!"

주지스님의 추상같은 불호령이 어찌나 지엄했던지, 원광스님은 그만 더이상 단 한 마디도 아뢰지 못한 채 주지스님의 방에서 쫓겨나오는 신세가 되고 말았다.

그러나, 저 멀고 먼 바닷길, 그 험난한 파도를 견디며 찾아온 이역만리 중국 땅인데 이렇게 허망하게 쫓겨갈 수는 없는 일이었다.

원광스님은 주지스님의 방 앞 댓돌 위에 꿇어 앉은 채 밤을 지새웠다.

원광스님은 참으로 십여 년의 기나긴 세월을 허송했음을 마음 깊이 깨닫고 참회의 기도를 올리고 있었다.

어둠이 채 가시기도 전에 장엄사 경내에는 무명을 몰아내는 도량석 소리가 울려퍼지는 것이었으니, 신라 땅에 있을 적에는 단 한 번도 겪어보지 못한 일이었다.

그때였다.

장엄사 주지스님이 방문을 열고 나오더니 원광스님 앞에서 걸음을 멈췄다.

그리고는 온화한 목소리로 묻는 것이었다.

"그대는 대체 여기 밤새도록 앉아서 무엇을 했는고?"

"…… 용서하십시오, 스님. 참회의 기도를 올리고 있었사옵니다."

"참회하다니? 과연 무엇을 참회했단 말이던고?"

"예, 부처님 말씀을 보고 읽고 외우기만 했을 뿐, 단 한 가지도 실천을 하지 아니했으니 막중한 그 죄를 참회하옵니다."

주지스님이 큰 소리로 웃었다.

"허허허허, 염려했던 것보다는 말귀를 빨리 알아들었구나. 응? 허허허허-. 이것 보아라 원광!"

"예, 스님."

원광스님이 대답하자, 주지스님이 부드럽게 말했다.

"우리 장엄사에서는 이렇게 앉아만 있는 자에게는 밥을 주지 아니 하느니라. 어서 그만 일어나거라."

원광스님은 그만 목이 메었다.

"…… 예, 스님."

중국 진나라 서울 금릉의 장엄사에서 하마터면 쫓겨날 뻔 했던 원광스님은 밤새도록 참회기도를 올린 덕분으로 장엄사 주지스님의 허락을 얻어 이때부터 장엄사에 머물며 본격적인 수행을 시작하게 되었다.

그러던 어느날 주지스님이 원광스님을 불렀다.

"이것 보시게, 원광."

"예, 스님."

"그대의 나라 해동국은 우리 부처님 교법을 언제부터 신봉하게 되었던가?"

"예, 옛날 이웃 나라 고구려 땅에서 들어오신 아도화상께서 불도를 전하신 이후, 한동안 백성들 사이에서만 은밀히 전해지다가 지금으로부터 오십여 년 전인 법흥왕 14년 이차돈이라는 분이 순교하신 것을 계기로 하여 이때부터 나라에서 부처님 교법을 신봉하게 되었사옵니다."

주지스님은 고개를 끄덕였다.

"그러면 부처님 교법을 신봉하기 시작한 지 이제 겨우 오십여 년이 되었더라 그런 말이로구먼?"

"그렇사옵니다."

"허면 대체 사찰은 몇몇이나 되던고?"

"예, 흥륜사를 비롯해서 황룡사, 기원사, 실제사 등 십여 채의 사찰이 세워진 것으로 아옵니다."

"그러면 그대는, 이곳 금릉 안팎에 몇 채의 사찰이 있는지 들어보셨는가?"

"예, 자세히는 모르옵니다만 듣자하니 칠백여 사찰이 세워졌다고 들었사옵니다."

"바로 들으셨네. 우리 진나라는 바야흐로 부처님 나라가 된 셈이지. 헌데 어쩐 덕분으로 중국 땅에 이리 불교가 융성하게 되었는지 아시겠는가?"

원광스님이 고개를 저었다.

"…… 자세히는 모르겠사옵니다."

주지스님은 가만히 원광스님을 쳐다보며 말했다.

"무릇 나라가 융성하려면 큰 성군을 만나야 하는 법이요, 불도가 크게 융성하려면 큰 스승이 나와야 하는 법, 장차 해동국에 불도가 크게 융성하려면 해동국 불도를 크게 융성시킬만한 큰 인물이 반드시 나와야 할 것인즉 오늘 이 장엄사에 들어온 그대의 책무가 크다고 할 것이야."

비장한 각오를 하고 원광스님이 대답했다.

"…… 예, 스님. 명심하겠습니다."

"절간에서 먹고 자고 한다고 해서 수행자가 아니요, 삭발하고 승복만 입었다고 해서 수행자가 아니요, 목탁 치고 염불할 줄 안다고 해서 수행자가 아니니 그대는 반드시 부처님의 말씀을 배우고, 부처님의 계행을 지키며, 부처님의 지혜를 반드시 깨달아 그 행을 실천해야 할 것이니 이 세 가지를 촌시라도 망각하면 치사한 밥도적에 불과할 것이야! 내 말 알아 들었는가?"

"예, 스님. 명심하겠습니다."

원광스님은 자기 나라 신라에 있었을 적에는 불도를 닦기 위해 삼기산에 들어간 이후 장장 십여 년 동안 산 밖으로 나가본 일이 없을 만큼 열심이었지만 스승이 정해준 몇 권의 경책을 외우는 데만 열성이었을 뿐, 부처님의 계행이나 부처님의 지혜에는 어두웠음을 알게 되었다.

그뿐만 아니라 부처님 말씀과 계행과 지혜를 실천함으로써 고해중생을 널리 제도해야 한다는 사실을 이제야 비로소 알게 된 것이다.

하루는 장엄사에 삭발 출가하겠다고 찾아온 두 젊은이가 있었다.

두 젊은이는 주지스님에게 불려 나갔다.

"그래, 자네는 무슨 까닭으로 삭발 출가하겠다고 하는지 솔직하게 말해 보시게."

한 청년이 말했다.

"예, 저는 솔직히 말씀을 드리자면 지난 난리통에 부모형제가 다 죽고 집마저 불에 타버려 올 데 갈 데가 없어서 중이나 될까 합니다요."

주지스님이 냉랭하게 말했다.

"그러면 자네는 잘못 오셨네."

"잘못…… 왔다니요?"

"올 데 갈 데가 없어서 밥이나 얻어먹자고 왔다면 자네는 분명히 밥이나 빌어먹어야 할 거지이거늘, 거지 노릇을 제대로 하자면 마을로 내려가야 할 것이야!"

장엄사 주지스님은 또 다른 젊은이에게 물었다.

"그래, 자네는 또 어쩐 까닭으로 여길 찾아왔는고?"

다른 젊은이가 대답했다.

"예, 소생은 마, 세상만사 다 귀찮고 성가셔서 한평생 편히 먹고 살까 해서, 그래서 중이나 되려고 합니다요."

"그러니까 한평생 편히 먹고 살겠다 해서 찾아왔단 말이신가?"

"예, 뭐 그렇습지요."

주지스님이 젊은이의 얼굴을 자세히 쳐다보았다.

"땀흘려 일하기가 싫어서 머리를 깎겠다?"

"솔직히 말하자면 그런 셈입지요, 뭐."

젊은이는 넙죽넙죽 대답했다.

"허면 자네에게 아주 좋은 수를 가르쳐 줄 것이니 그대로 시행하시겠는가?"

주지스님이 좋은 수를 가르쳐 준다고 하자 젊은이가 싱글벙글하며 대답했다.

"아, 예. 좋은 수만 가르쳐 주신다면 그대로 합지요, 뭐."

"그러면 잘 되었네. 자네는 저 산속에 들어가서 호랑이 밥이나 되시게."

"예에?"

장엄사 주시스님은 이렇게 사정없이 면박을 주어 철없는 젊은이들을 내쫓고 말았다.

그리고나서는 느닷없이 원광스님에게 묻는 것이었다.

"이것 보시게, 원광!"

"예, 스님."

"대체 그대는 무엇을 얻으려고 삭발 출가했던고?"

느닷없는 주지스님의 질문에 원광스님이 잠시 뜸을 들이다가 대답했다.

"…… 예, 저 소승은 불도를 이루려고 출가했습니다."

"불도를 이루어서 대체 어디다 쓸려구?"

"…… 예, 저, 그것은……."

주지스님의 목소리가 커졌다.

"어서 바로 이르게! 대답이 빗나가면 당장 쫓아낼 것이야!"

대답이 빗나가면 당장 또 쫓아내겠다는 서릿발같은 호령이었으니, 원광스님은 당황할 수밖에 없었다.

더더구나 올 데 갈 데 없어서 왔다는 젊은이, 편히 먹고 살려고 왔다는 젊은이가 사정없이 면박을 당하고 쫓겨난 것을 똑똑히 보았으니 이거 정말 뭐라고 대답을 해야할지 눈앞이 캄캄했다.

머뭇거리고 있는 원광스님을 주지스님이 재촉했다.

"어서 바로 이르라는데, 무엇을 꾸물거리고 있는고?"

"예."

"바로 이르게. 대체 그 불도를 이룬다면 그 불도를 과연 어디다 쓰려는고?"

"예, 소승 불도를 이루게 되면……."

"고기 잡는 데 써먹을 텐가?"

"아, 아니옵니다."

"허면 호랑이 잡는 데 써먹을 텐가?"

"아, 아니옵니다."

"그것도 아니면 벼슬하는 데 써먹을 텐가?"

원광스님은 고개를 저으며 대답했다.

"아니옵니다."

"허면 천석꾼 만석꾼 부자가 되는 데 써먹을 셈이던가?"

"소승, 불도를 이루게 되면 반드시 부처님 하신대로 할 것이옵니다."

주지스님은 원광스님을 쳐다보며 다시 물었다.

"부처님께서 하신대로 하겠다면 대체 어디다 어떻게 써먹겠다는 말이던고?"

"예, 반드시 중생제도에 쓰고자 하옵니다."

"중생제도란 대체 무슨 말이던고?"

"예, 불 속에 있는 사람은 끄집어내는 것이요, 물 속에 빠진 사람은 건져내는 것이 중생제도인 줄로 아옵니다."

"허면 대체 어떤 중생을 일러 불 속에 있는 중생이라 할 것인고?"

"예, 끝없는 탐욕에 빠져있는 사람, 끝없는 미움과 원망과 복수심에 빠져있는 사람, 이런 사람들을 탐욕의 불, 증오의 불 속에 빠져있다 할 것입니다."

"허면 어떤 사람을 일러 물에 빠져있는 중생이라 할 것인고?"

"예, 열 가지 백 가지 근심 걱정으로 편한 잠을 못자는 사람,

이런 사람을 일러 물에 빠진 중생이라 할 것입니다."

주지스님의 얼굴이 환해졌다.

"허허허허, 원광 자네는 밥 빌어 먹으러 마을로 내려가지도 말고, 산속에 들어가서 호랑이 밥도 되지 말게나. 응? 허허허 허-."

원광스님은 수많은 대중들이 함께 살면서 지켜야 할 계율이 이백 오십 가지나 된다는 사실에 놀라지 않을 수가 없었다.

뿐만 아니라 부처님의 가르침을 기록해 놓은 경전이 수수백 권, 아니 수수천 권에 이른다는 사실을 알고는 더더욱 놀랄 수밖에 없었다.

그래서 중국 승려에게 원광이 물었다.

"저, 한 가지 여쭙겠습니다."

"해동국에서 온 스님이 나한테 대체 무엇을 묻겠다는 겐가?"

"소승, 별로 아는 게 없어서 그러는데요. 부처님 경전이 어찌해서 수수백 권, 수수천 권이나 되옵는지요?"

"오, 난 또 무슨 얘기라구……. 공자, 맹자, 춘추, 사기라고 해봐야 몇 권 아니 되는데 부처님 경전은 어찌해서 수수백 권 수수천 권이나 되느냐?"

"예."

중국승려가 차근차근 설명했다.

"아시다시피 부처님께서는 스물 아홉에 출가하셔서 몇 년 후에 성도하셨소이까?"

"그야 6년 고행하신 후에 성도하셨으니까……."

"설흔 다섯에 부처님이 되셨다 그런 말씀이지요?"

"그, 그렇습지요."

"그후 부처님께서는 세속 나이 몇 살이 되셨을 적에 열반에 드셨소이까?"

"그야 세속 나이로 따지자면 여든 살 되시던 해에 열반에 드셨습니다."

중국승려는 원광스님의 얼굴을 쳐다보며 말했다.

"그러면 어디 한 번 헤아려 보시오. 부처님이 깨달음을 얻고 나신후 과연 몇 년 동안을 설법하고 다니셨소이까?"

"…… 그야…… 설흔 다섯부터 여든 되실 때까지이니 사십오 년이 되겠습지요."

"그렇소. 부처님께서는 무려 사십오 년 동안이나 설법을 하신 셈이오. 그러니까 사십오 년 동안 설법하신 말씀을 그대로 기록해 놓았으니 경전 분량이 많을 수 밖에요."

"그, 그러면 팔만사천 법문이라고 하는 것은……."

"그야 그토록 많고 많다는 뜻이지, 꼭 팔만사천 가지 법문이라는 말은 아닙니다. 아, 흔히들 장발(長髮) 삼천 척이다 하지만, 머리카락이 정말로 삼천 자나 되겠소이까?"

원광스님이 고개를 끄덕이며 대답했다.

"아, 예. 무슨 말씀인지 잘 알았습니다."

이번에는 중국 승려가 원광스님에게 물었다.

"헌데 해동국 스님께서는 대체 요즘 무슨 경을 보고 계시는 게요?"

"예, 주지스님께서 분부하신대로 열반경을 다시 보고 있는 중 입니다."

"그러면 열반경 가운데 범행품을 제대로 다 보셨소이까?"

"범행품이라면 보살의 청정한 행을 말씀하신 그 대목을 말씀하시는지요?"

"아시는 것을 보니 보기는 본 모양인데, 해동국 스님도 큰일 났소이다. 그려."

중국 승려가 큰일 났다는 말에 원광스님이 감짝 놀라서 물었다.

"큰일이라니? 무슨…… 말씀이신지요?"

"우리 장엄사 주지스님께서 열반경을 보아라 분부를 내리셨으면 이거야말로 쫓겨날 날이 머지 않았다 그런 말입니다."

"쫓겨날 날이 머지 않았다구요?"

"불시에 불러들여 하문을 하시는데 그때 대답을 제대로 하지 못하면 어김없이 쫓아낸다 그런 말이오."

"아니, 그러면?"

"열반경 범행품에 걸려서 열에 아홉은 쫓겨나고 있으니 그리나 알고 있으시오!"

5
생각만으로는 아무 소용이 없느니라

당시 중국 진나라 서울 금릉의 장엄사는 중국 3대 법사 가운데 한 분이었던 승민대사가 열반경과 성실론을 깊이 연구하고 널리 가르쳤던 곳으로 그 이름이 잘 알려진 사찰이었다.

그러니까 장엄사하면 곧 승민대사요, 승민대사하면 곧 열반경을 떠올릴만큼 장엄사는 열반경 연구의 본거지였던 셈이다.

바로 그런 까닭으로 해서 주지스님은 대중들에게 열반경 공부를 집중적으로 지도했고, 만일 열반경 공부가 시원치 아니하면 주장자로 사정없이 후려쳐서 내쫓는 것은 당연한 일이었다.

하루는 주지스님이 원광스님을 불렀다.

"부르셨사옵니까, 스님? 소승 원광이 문안드리옵니다."

"그래, 내가 그대를 불렀네. 거기 좀 앉도록 하시게."

"예."

원광스님이 자리에 앉자 주지스님이 물었다.

"그동안 경은 열심히 보았으렸다?"

"예."

"부처님께서는 대체 무엇무엇을 일러 사무량심이라 하셨던 고?"

"예. 크게 사랑함이 대자요, 크게 불쌍히 여김이 대비요, 크게 기뻐함이 대희요, 크게 버림이 대사이니 대자대비 대희대사가 곧 네 가지 무량심이라 이르셨사옵니다."

주지스님은 고개를 끄덕인 후 다시 물었다.

"허면, 크게 사랑하는 마음을 닦는 이는 무엇을 끊게 된다고 이르셨던고?"

"…… 예. 크게 사랑하는 마음을 닦는 이는 탐욕을 끊게 된다 고 이르셨사옵니다."

"그러면 크게 불쌍히 여기는 마음을 닦게 되면 무엇을 끊게 된다 이르셨던고?"

"…… 예, 그것은…… 저……."

원광스님이 대답을 못하고 더듬거리자 주지스님은 주장자를 내리치며 크게 소리쳤다.

"무엇을 꾸물거리는고? 어서 바로 일러라! 크게 불쌍히 여기 는 마음을 닦게 되면 대체 무엇을 끊게 된다고 하셨더냐?"

"……예. 크게 불쌍히 여기는 마음, 크게 불쌍히 여기는 마음을 닦는 사람은 성내고 화내는 일을 끊게 된다 이르셨사옵니다."

주지스님이 이번에는 낮은 목소리로 말했다.

"아직도 두 가지가 더 남아있느니라."

"…… 예."

"기쁜 마음을 닦게 되면 어찌 된다 하셨던고?"

"예, 기쁜 마음을 닦는 사람은 괴로움을 끊게 된다 이르셨사옵니다."

주지스님은 잠시도 쉬지않고 계속해서 물으셨다.

"허면, 크게 버리는 마음을 닦게 되면 무엇을 또 끊게 된다 이르셨더냐?"

"예, 크게 버리는 마음을 닦는 이는 탐욕과 성냄과 차별을 두는 마음을 끊게 된다 하셨사옵니다."

주지스님은 만족스러운 듯 다시 고개를 끄덕였다.

"허면, 이 한량없는 네 가지 마음, 대자대비 대희대사는 대체 무엇의 근본이 된다 하셨던고?"

"예. 대자대비 대희대사, 한량없는 네 가지 마음은 곧 온갖 착한 일의 근본이 된다 이르셨사옵니다."

"그대가 만일 가난한 중생을 만나지 못한다면?"

"예, 사랑하는 마음을 일으킬 인연을 만나지 못할 것이옵니다."

"사랑하는 마음을 일으키지 못하게 되면 또 어찌 될것인고?"

"예, 보시할 마음을 일으키지 못할 것이옵니다."

"허면, 만일 오늘 그대가 가난한 한 중생을 만나게 된다면 어떤 인연인고?"

"예, 크게 사랑하고, 크게 가엾게 여기고, 크게 기뻐하며, 크게 다 주는 사무량심을 닦아나가게 해주었으니 참으로 고맙고 좋은 인연이라 할 것이옵니다."

주지스님은 주장자를 쿵! 쿵! 쿵! 내리치며 말했다.

"생각으로만 그리하면 아무 소용이 없다! 오늘은 그만 나가 보아라."

원광스님은 중국 진나라 서울 금릉의 장엄사에서 경을 다시 보고 수행하면서 실로 눈을 새롭게 떠갔다.

부처님 가르침의 지혜 바다가 이토록 넓고, 이토록 깊을 줄이야 예전에는 정말 짐작조차 하지 못한 일이었다.

원광스님은 날이 갈수록 환희심이 일어나 전심전력을 기울여 수행에 수행을 거듭해 나가고 있었다.

하루는 중국의 한 승려가 원광스님이 보고 있는 경을 넘겨다 보다가는 한 마디 했다.

"허허, 이것 보시오. 원광!"

"예, 왜 그러시는지요?"

"원 아무리 앞뒤가 꽉 막혀도 분수가 있어야지, 아직도 그래 그 열반경 한 권에 빠져있단 말이오?"

중국의 승려는 이해가 안간다는 듯한 얼굴이었다.

"예, 아직 주지스님께서 이 열반경을 더 보라고 하셨기에 보고 있는 중입니다."

그러자 중국 승려는 한심하다는 표정으로 말하는 것이었다.

"이것 봐요, 원광! 공부란 원래 자기 하기 나름인 건데 이렇게 경만 들여다 보고 있으면 공부가 발전이 없어요."

원광스님이 의아해서 물었다.

"아니 그럼 무슨 공부를 해야 한단 말씀이신지요?"

"나처럼 이렇게 논(論)을 봐야지, 경을 해설하고 풀이해놓은 게 바로 논이거든."

"아, 예. 하지만 소승은 아직 경도 다 보지 못한 터라 스님의 분부대로만 따를 작정입니다."

그러나 중국 승려는 계속해서 원광스님에게 말했다.

"허허, 이런 답답한 사람을 보았는가? 자, 자 그러지 말고 내가 잠시 빌려줄 것이니, 하루 이틀만 이 책을 보도록 해봐요. 눈이 아주 활짝 열릴 것이니까 말씀이야."

원광스님은 중국 승려가 자꾸 권하면서 빌려주는 바람에 대체 무슨 책인가 싶어 잠시 그 책을 들여다 보게 되었다.

그런데 그것이 또 화근이 되고 말았다.

원광스님은 주지스님의 부름을 받고 공손히 예를 갖춘 뒤 무릎을 꿇고 앉았다.

주지스님의 목소리가 처음부터 냉랭했다.

"원광은 마땅히 이실직고 해야 할 것이야!"

"예."

"듣자하니 원광 그대가 성실론이라는 논서를 보고 있다고 그러던데 사실이렷다?"

주지스님이 그 사실을 어떻게 아셨는지 원광스님은 등골이 오싹하였다.

"…… 아 예, 저 그, 그것은……."

주지스님은 주장자를 내리치며 큰소리로 말했다.

"여러 소리 하지 말고 바른대로 말하게! 논서를 본 일이 있는가, 없는가?"

원광스님이 기어들어가는 목소리로 대답했다.

"예, 잠시 보기는 보았사옵니다만……."

주지스님이 다시 주장자를 내리쳤다.

"허허, 잠시 보았건, 오래 보았건 보기는 보았으렷다?"

"예."

주지스님은 주장자를 내리치면서 어찌 할 줄을 몰라했다.

"허허, 대체 이게 무슨 해괴한 짓이란 말인고!"

원광스님은 아무런 말도 하지 못하고 고개만 푹 숙였다.

"……"

"사람이 본시 갓난 아이로 태어나면 어머니 젖을 먹고 기어 다니는 게 순서요, 젖을 뗀 다음에는 미음을 먹고, 아장아장 걸은 뒤에 밥을 먹고 걸어다니며 그후에야 비로소 달리는 것을 배우는 것이 도리이거늘, 이제 겨우 어머니 젖이나 빨고 있는 갓난 아이가 벌써부터 구만 리 장천을 날아갈 생각을 하다니 이것이 대체 어찌된 일이던고?"

원광스님이 조그만 목소리로 말했다.

"…… 잘못되었사옵니다, 스님."

"우리 불가에서는 스승의 명을 받아 한 가지를 배우고, 그 한 가지를 배워 마치면 마땅히 스승께 고해 올려 배워 마친 것을 점검받은 뒤에 다시 스승의 명을 받아 두 가지를 배우는 것이 순서요 법도이거늘, 그대는 이 불가의 법도를 어겼더란 말이던 고?"

원광의 고개가 더 깊이 숙여졌다.

"…… 잘못되었사옵니다, 스님. 용서하여 주십시오."

"제 아무리 훗날 구만 리 장천을 날아갈 봉황의 새끼라 하더라도 털이 돋고 날개가 돋을 때까지는 둥우리 밖으로 나가서는 아니 되는 법, 감히 어찌 기지도 못하면서 날아갈 생각부터 한단 말이던고?"

"······ 참으로 잘못되었사옵니다. 진심으로 참회하오니 이번 한 번만 용서하여 주십시오."

주지스님은 잠시 두 눈을 감고 있다가 조용히 말했다.

"내 그대에게 이레 동안의 말미를 줄 것이니, 이레가 지난 후에는 그대가 공부한 바를 점검할 것인즉 공부가 부실했으면 이 절을 떠나야 할 것이니라. 내 말 제대로 알아 들었는가?"

원광스님은 얼른 대답했다.

"예, 스님. 잘 알아들었사옵니다."

원광스님은 장엄사 주지스님으로부터 최후통첩을 받은 것이나 다름이 없었다.

이레 동안의 말미를 준 후에 그동안 공부한 것을 시험하여 흡족한 대답을 하지 못하면 장엄사를 떠나라는 것이었으니, 원광스님은 쫓겨날 각오를 하는 수 밖에 없었다.

말미로 얻은 이레가 지나고 내일이면 점검을 받게 되는 날이었다.

원광스님은 정좌하고 앉아 마음을 가다듬고 있었다.

그런데 원광스님에게 논서를 빌려주면서 보라고 했던 중국 승려가 찾아왔다.

　"이것 보시오 원광, 잠자는 게요?"

　"아, 아니옵니다. 들어오시지요."

　방문을 열고 들어온 중국 승려는 겸연쩍은 표정으로 원광스님을 쳐다보았다.

　"이거 원, 미안해서 내가 견딜 수가 있어야지. 대체 어찌할 셈이시오?"

　"어찌 하긴요? 내일 주지스님과 약조한 대로 점검을 받아야지요."

　그러자 중국 승려가 어두운 목소리로 말했다.

　"점검은 받으나 마나요."

　"받으나 마나라니요?"

　"이 장엄사에서 주지스님의 공부 점검에 통과한 사람은 백 명 가운데 세 명도 되지 아니할 게요."

　원광스님이 걱정스럽게 물었다.

　"아니 그러면 그토록 심하게 점검을 하신단 말씀이십니까요?"

　중국 승려가 고개를 끄덕였다.

　"당신 눈에 한 번 벗어나면 틀린 대답이 나올 때까지 끝도 없이 하문하시니, 견뎌낼 사람이 어디 있겠소?"

원광스님이 한숨을 내쉬며 말했다.

"그렇다고 어거지로야 쫓아내시지는 아니 하시겠지요."

중국 승려가 원광스님에게 바짝 다가앉으며 나직하게 말했다.

"그보다도 말이오, 점검에 걸려서 어차피 쫓겨나게 될 바에야 미리 보따리를 싸는 것이 어떻겠소이까?"

원광스님이 눈을 동그랗게 뜨고 물었다.

"미리 보따리를 싸라니요?"

"공부를 게을리 해서 쫓겨났다 하면 다른 절에서도 잘 받아주지 아니할 것이니, 차라리 미리 다른 절로 옮기겠다면 내가 기꺼이 소개를 해 주겠소."

"쫓겨나느니 미리 다른 절로 옮기란 말씀이십니까?"

"이러이러한 수행자는 공부가 게을러서 장엄사에서 쫓겨나게 되었다 알려지게 되면 세상에 어느 절에서 받아주겠소이까?"

그러나 원광스님은 고개를 설레설레 저었다.

"하지만 소승은 주지스님과 한 번 약조한 바 있으니 내일 점검을 받도록 하겠습니다."

그러자 중국 승려가 걱정스러운 듯 다시 말했다.

"그랬다가 공부가 부실하니 떠나거라 그러시면 대체 어찌 하려고 이러는 게요?"

원광스님은 비장한 표정으로 말했다.

"쫓겨나는 신세가 되면 돌아가야지요."

중국 승려가 놀라서 물었다.

"돌아간다니, 해동국으로 말이오?"

"이역만리 타국 땅에서 달리 갈 곳이 없으니 돌아가는 수 밖에요."

중국 승려가 답답하다는 듯 말했다.

"허허, 이런 참! 그러기에 미리 떠나면 내가 다른 절에 소개를 해주겠다니까 그래요. 내가 잘 아는 스님이 주지로 계시는 절이 삼십 리 밖에 있는데 말이오. 당분간 그 절에 가서 공부하는 게 쫓겨나는 것 보다는 나을 게요."

그래도 원광스님의 마음은 변하지 않았다.

"걱정해 주셔서 고맙긴 합니다만, 내일 주지스님 앞에 나가 떳떳하게 점검을 받고자 하오니 그리 아십시오."

드디어 말미로 얻은 이레가 다 지나고 그동안의 공부를 점검 받기로 된 날이 되었다.

원광스님이 예를 갖추고 자리에 앉자 장엄사 주지스님이 주장자를 들었다가 놓았다.

"쿵! 쿵! 쿵!"

원광스님을 매서운 눈초리로 쳐다보던 주지스님이 말문을 열었다.

"해동국 신라 땅에서 건너온 원광은 신라 땅에서 십여 년, 우리 장엄사에서 3년여, 장장 14, 5년에 걸쳐 수행을 했거니와 오늘은 그동안 공부한 바를 점검키로 했으니 바로 일러야 할 것이야!"

"…… 예."

"허면 내가 물을 것이야."

"…… 예."

주지스님은 큰 기침을 한 후 원광스님을 쳐다보았다.

"부처님께서 열반에 드시기 전에 사라쌍수 아래 자리를 깔게 하시고 제자들에게 무엇을 의지하라고 이르셨던고?"

"…… 예. 계율 존중하기를 어둠 속에서 빛을 만난 듯이 해야 할 것이요, 가난한 사람이 보물을 얻은 듯이 해야 할 것이니 오직 청정한 계율에 의지하라 이르셨사옵니다."

"…… 그래…… 허면 청정한 계율을 지니려면 무엇무엇을 금하라 하셨던고?"

"…… 예. 출가 수행자는 마땅히 청정계율을 지녀야 할 것이니, 물건을 사고 팔지 말 것이며, 집이나 논밭을 장만하지 말 것이며, 하인을 부리거나 짐승을 기르지 말라 이르셨사옵고……"

"그리고 또 무엇을 금하라 하셨는고?"

"…… 예. 출가 수행자는 마땅히 재물을 멀리 하라 당부하시고, 초목을 베거나 땅을 개간하지 말라 이르시고, 사람의 길흉을 점치거나 주술을 부리거나 선약을 만들지 말라 이르셨사옵니다."

"그리고 또 달리 당부하신 말씀은 없으셨던가?"

"있으셨습니다."

"허면 또 무어라 당부하셨던고?"

원광스님은 길게 심호흡을 한 후 대답을 계속했다.

"예. 권세있는 자와 사귀어 백성들을 업신여기지 말라 이르셨고, 자기 마음을 단정히 하여 바른 생각으로 중생을 구제하라 이르셨사옵니다."

옆에서 숨죽이며 듣고 있던 중국 승려가 끼어들었다.

"아이구, 이것 참 공부가 청산유수로구먼 그래요. 이만하면 되었습지요, 주지스님?"

그러자 주지스님이 중국 승려를 쳐다보며 엄히 말했다.

"아니될 소리! 점검은 이제 겨우 시작이야!"

중국 승려가 다시 한 마디 했다.

"아이구 아닙니다요, 주지스님. 이 정도 공부면 하문하시나 마나 사통팔달입니다요."

"허허, 이 사람! 오늘 공부 점검은 내가 하는 겐가, 그대가 하는 겐가?"

"아, 아이구 그거야 주지스님께서 하시는 것이지요마는……."

주지스님은 다시 원광스님을 쳐다보았다.

"다시 물을 것이니 바로 이르게!"

"…… 예, 스님."

주지스님은 주장자를 내리친 후 다시 물었다.

"부처님께서는 제자들에게 오관을 잘 거두어 오욕락에 빠지지 않게 하라 이르셨거니와 대체 무엇을 단속하라 이르셨음인고?"

"…… 예. 다섯 가지 감각이니 곧 눈과 귀와 코와 혀와 몸을 잘 단속하라 이르셨음이옵니다."

"허면 그 다섯 가지를 어떻게 단속하라 이르셨던고?"

"…… 예. 도둑의 침해를 당하면 그 피해가 한 생에 그치지만 눈, 귀, 코, 혀, 몸이 끼치는 재앙은 여러 생에 미치게 되나니 마땅히 눈, 귀, 코, 혀, 몸이 하자는 대로 하지 말 것이며, 이 다섯 가지 오관도 결국은 그 주인의 마음이니 마음을 마땅히 다스려야 한다 이르셨사옵니다."

가만히 듣고 있던 중국 승려가 다시 끼어 들었다.

"옳습니다, 옳아요. 부처님께서 말씀하신 그대로 일 자 일 구도 어긋남이 없습니다요. 그렇습지요, 주지스님?"

주지스님이 눈살을 찌푸렸다.

"그대는 좀 가만 있게나! 이거 원 공부 점검을 그대가 하시는 겐가?"

"아, 아닙니다요. 아직도 미심쩍으시거든 더 하문하십시오."

주지스님은 주장자로 다시 내리친 후 말을 이었다.

"다시 물을 것이니 바로 이르게!"

"예."

"부처님께서는 제자들에게 부끄러워할 줄 알아야 한다고 이르셨거니와 그 까닭은 대체 어디 있다 하셨던고?"

"…… 예. 부처님께서 이르시기를 부끄러움은 모든 장식 가운데 으뜸이며, 부끄러움은 쇠갈퀴와 같아서 사람의 법답지 못함을 다스린다 하셨습니다. 그러므로 사람은 항상 부끄러워 할 줄 알아야 하고 잠시도 그 생각을 버려서는 아니 된다 하셨습니다. 만일 부끄러워 하는 생각을 버린다면 모든 공덕을 잃게 될 것이니 부끄러워 할 줄 모르는 사람은 짐승과 다를 바가 없다고 하셨습니다."

"허면, 이 세상 중생들이 만일 고뇌를 벗어나고자 한다면 어찌 하라 이르셨는지, 그것을 이르게!"

주지스님의 질문이 떨어지자마자 이번에도 원광스님은 술술 답하는 것이었다.

"…… 예. 만일 이 세상 중생들이 모든 고뇌에서 벗어나고자 할진대 만족할 줄 알라고 이르셨사옵니다. 그리고 이렇게 말씀 하셨지요. '넉넉함을 아는 것은 부유하고 즐거우며 편안하다! 만족할 줄 아는 사람은 비록 맨땅 위에 누워 있을지라도 편안 하고 즐겁다. 허나, 만족할 줄 모르는 사람은 설사 천상에 있을 지라도 흡족하지 못할 것이니, 이 세상 모든 근심 걱정에서 벗 어나고자 하거든 마땅히 만족할 줄 알라!'"

비로소 주지스님의 얼굴에 미소가 떠올랐다.

주지스님은 주장자를 내리치며 말했다.

"그대 원광은 들으시게."

"예."

"내 오늘에야 비로소 원광을 우리 장엄사 승적부에 올리고 도첩을 내릴 것이야."

원광스님은 감개무량하였다.

"고…… 고맙습니다, 스님. 참으로 고맙습니다."

중국 승려도 기뻐하였다.

"잘 하셨습니다요, 주지스님. 참으로 잘 하셨습니다요."

6
새들도 철따라 오고 가는 법

이렇게 해서 원광스님은 중국 진나라 서울 금릉에서도 가장 큰 사찰 장엄사에서 중국의 3대 법사 중 한 분인 저 유명한 승민대사의 법맥을 이어 열반경과 성실론을 비롯한 여러 경전을 두루 통달하고 신라 출신이면서도 당당한 고승으로 인정받기에 이르렀다.

하루는 주지스님이 원광스님을 불렀다.

"이것 보시게, 원광."

"예, 스님."

"그대가 우리 장엄사에 온 지 몇 해나 되었는고?"

"예, 주지스님의 은덕으로 한 십 년 잘 먹고 잘 지냈사옵니다."

주지스님은 고개를 끄덕였다.

"허허, 벌써 그렇게 되었던가?"

"공부를 제대로 하지도 못한 채 십 년 세월을 허송했으니, 소승이 밥도적질한 죄, 막중한 줄 아옵니다."

주지스님이 고개를 설레설레 저으며 말했다.

"원, 그 무슨 당치않은 말씀이신가! 그동안 그대는 우리 승민대사의 법 그늘 아래 우리 장엄사의 자랑인 열반경, 성실론을 통달하여 막힘이 없으니 이 또한 후세에 남을 자랑스런 일이거늘 감히 어찌 그런 말씀을 하신단 말이신가?"

원광스님이 말도 안된다는 듯이 말했다.

"아니옵니다, 스님. 소승 비록 열반경, 성실론에 십 년 세월을 매달렸다고 하지만 감히 어찌 주지스님의 근처에 이르렀을 것이며 하물며 승민대사의 법 그늘 아래 들어갈 수나 있겠사옵니까?"

주지스님이 고개를 설레설레 흔들었다.

"아니야, 아니야. 그대가 비록 우리 중국 진나라 사람은 아니네마는 우리 장엄사 기록에 그대의 이름이 두고두고 전해질 것이야."

원광스님의 이름이 장엄사 기록에 두고두고 전해질 것이라는 주지스님의 말에 원광스님은 어찌할 바를 몰랐다.

"아이구 아니옵니다 스님, 과찬의 말씀이 지나치시니 소승 참으로 몸둘 바를 모르겠사옵니다."

잠시 뜸을 들인 후 주지스님이 원광스님을 쳐다보며 말했다.

"헌데 말씀이야, 원광!"

"예."

"내 벌써부터 그대에게 말하려고 했었네마는……."

"예, 말씀하십시오, 스님."

"원광 그대는 이제 이 장엄사에 더 이상 머물러 있을 일이 아닐세."

갑작스런 주지스님의 말에 원광스님을 영문을 알 수가 없었다.

"무슨…… 말씀이신지요, 스님?"

주지스님은 바깥을 쳐다보며 조용히 말하는 것이었다.

"저기 저 새소리를 들어보시게."

가만히 귀 기울여 들으니 멀리서 뻐꾸기 우는 소리가 들려왔다.

"예, 듣고 있사옵니다 스님."

"저 새들도 철이 되면 왔다가 철이 되면 날아가는 법!"

원광스님은 주지스님이 무슨 말을 하시는지 도대체 알아들을 수가 없었다.

"…… 무슨…… 말씀을 하시려고 이러시는지요, 스님?"

"그대가 아시다시피 우리 부처님 경전은 팔만사천이나 된다네."

"예."

"나는 공부가 짧아서 열반경, 성실론에만 매달려 왔네만 그대는 해동국 신라로 돌아가서 불도를 널리 전해야 할 사람 아니시던가?"

"예, 그야 그렇습니다만……."

"부처님께서도 그런 법문을 하신 일이 있었네. 코끼리 다리만 만져본 소경은 코끼리는 기둥같다고 하고, 코끼리 배만 만져본 소경은 코끼리는 벽채같다고 말한다고 말이네."

"예, 그러셨지요."

주지스님은 온화한 표정으로 원광스님을 쳐다보며 말을 이었다.

"그대는 열반경이나 성실론에만 매달리지 마시고 팔만사천 법문을 두루두루 공부하도록 하시게."

원광스님이 주지스님을 쳐다보며 말했다.

"하오면 스님께서는 소승더러 이 장엄사를 떠나라는 말씀이시옵니까?"

"나는 더 이상 아는 것이 없으니 여기서 북쪽으로 올라가면 소주가 나올 것이고, 그 소주에 가면 일찍이 우리 승민대사께서 머무시던 호구사가 있다네."

"소주 땅 호구사로 가라는 말씀이시옵니까?"

"거기 호구사에 가면 장아함경, 중아함경, 증일아함경, 잡아함경은 물론이요, 구사론까지 통달한 스님이 계실 것이니 그분의 가르침을 받도록 하시게."

원광스님은 섭섭한 표정이 역력했다.

"소승더러 기어이 이 장엄사를 떠나라 분부하십니까, 스님?"

주지스님이 호탕하게 웃었다.

"허허허허- 태어났으면 죽고, 만났으면 헤어지는 게 정해진 이치이거늘 무슨 딴 소리를 하시는 겐가? 여기 서찰 한 통을 써 두었으니 가지고 가시면 문전박대는 면하실 것이야!"

"스님……."

원광스님은 하는 수 없이 장엄사 주지스님이 써주신 서찰 한 통을 바랑에 넣고 걷고 걸어서 소주 땅 호구사를 찾아가게 되었다.

깊고 깊은 산속을 헤메다가 범종 소리를 듣고 가까스로 호구사를 찾아들고 보니 해는 이미 서산에 기울어 어둑어둑해져 있었다.

그러나 막상 절 안에 들어서고 보니 인기척이라고는 전혀 없는 것이었다.

　"허허, 내가 저 산속에서 분명히 종소리를 들었거늘 어찌 이 절간에 인기척이 없단 말이던고……. 이, 이것 보십시오. 객승 문안드리옵니다."

　원광스님이 이렇게 아무리 불러도 조용한 적막 뿐이었다.

　원광스님이 다시 큰소리로 외쳤다.

　"객승 문안드리옵니다. 스님은 아니계시옵니까요?"

　그러자 잠시 후, 안에서 커다란 웃음소리가 들려왔다.

　"하하하하-."

　"아이구, 이거 계시옵니다 그려. 소승은 금릉에 있는 장엄사에서 오는 길이온데 문안드리옵니다."

　원광스님의 인사에는 대답도 없이 안에서 나온 승려가 말했다.

　"하하하하, 이 절간 이름은 제대로 알고 왔으렸다?"

　"예, 호구사라고 알고 왔습니다마는……."

　"하하하하- 호랑이 호자, 입 구자, 호랑이 아가리 속에 들어왔으니, 그대는 과연 살았다고 할 것인가, 죽었다고 할 것인가?"

　느닷없는 호구사 승려의 질문에 원광스님이 웃으며 대답했다.

"허허― 생과 사가 본래 둘이 아니거늘 감히 어찌 생과 사를 따로따로 물으시오?"

"다시 한 번 묻거니와 바로 일러라! 그대는 호랑이 아가리 속에 들어왔으니 그대는 과연 살았다고 할 것이냐, 죽었다고 할 것이냐?"

불원천리 죽을 고생을 해가며 찾아든 호구산 호구사에서 느닷없이 나타난 호구사 승려는 호랑이 아가리 속에 들어왔으니 그대는 과연 죽었다고 할 것이냐, 살았다고 할 것이냐, 그것부터 묻는 것이었으니 원광스님은 그 자리에 버티고 선채 상대방 승려를 노려보고만 있었다.

호구사 승려가 다시 물었다.

"이 절간 이름은 알고 왔다고 했거늘, 호랑이 아가리 속에 들어왔으면 살았다고 할 것인가, 죽었다고 할 것인가?"

원광스님이 조용히 말했다.

"경에 이르시기를 불생불멸 불구부정 부증불감이라 하셨거늘, 감히 어찌 호구산 호구사에서 생사를 묻는단 말이오?"

원광스님의 대답에 호구사 승려가 크게 웃었다.

"하하하하― 태어나지도 아니하고 죽지도 아니하고, 깨끗하지도 아니하고 더럽지도 아니하고, 늘어나지도 아니하고 줄어들지도 아니한다면 그것이 대체 무엇이란 말이던고?"

"색불이공 공불이색 색즉시공 공즉시색……."

그제서야 호구사 승려가 호탕하게 웃으며 원광스님을 맞는 것이었다.

"하하하하, 잘 오셨소이다. 어서 오십시오."

원광스님도 다시 인사하였다.

"소승 금릉 장엄사에서 오는 원광이라 하옵니다만……."

호구사 승려도 인사를 했다.

"호구산 호구사를 지키는 호랑이오만 이빨 빠진 호랑이이니 마음 놓으시고, 자 그만 어서 들어가십시다."

"고맙소이다."

호구산 호구사는 말 그대로 호랑이가 우글거린다는 깊은 산속에 자리잡고 있었는데 어쩐 일인지 대중들은 간 곳이 없고 승려 혼자 절을 지키고 있는 것이었다.

원광스님이 궁금하여 물었다.

"소승이 듣기로는 이 호구사에는 많은 대중이 계셨다고 하던데 어쩐 일로 이렇게 홀로 계시는지요?"

호구사 승려가 씁쓸하게 웃으며 말했다.

"세상이 하도 뒤숭숭해지니 산도적들이 들끓고 있어요. 심심하면 제집처럼 들어와서 쉬었다 가곤 합지요."

원광스님이 깜짝 놀라서 물었다.

"아니, 이 절에 산도적들이 자주 온단 말씀이십니까?"

호구사 승려가 고개를 끄덕였다.

"그래서 하나 둘 다 내려가고 이렇게 이빨 빠진 호랑이만 남아 있습지요."

"나라가 평안해야 백성들이 편히 사는 법인데……."

원광스님이 혼자소리처럼 말하자 호구사 승려가 고개를 끄덕였다.

"나라가 태평하려면 성군이 나와서 백성을 자비로 보살펴야 하는데, 폭군이 나타나서 힘으로 다스리려고만 드니 세상 편안하기는 애시당초 틀렸지요."

"부처님께서도 경에 이르셨듯이 이게 모두 다 탐욕의 재앙이 아닌가 합니다."

"바로 그렇습지요. 중아함경을 볼것 같으면 탐욕이 무서운 재앙을 불러들인다고 부처님은 말씀하셨습니다. 중아함경은 보셨소이까?"

호구사 승려의 물음에 원광스님의 목소리가 작아졌다.

"말씀드리기 부끄럽소이다만 소승 아직 아함은 보질 못했습니다. 그래서 이렇게……."

"잘 오셨소이다. 이제라도 아함 4부경을 두루두루 보셔야 합지요. 아함 4부경은 말씀이예요, 중생 제도에 다시 없이 좋은 경입니다요. 암요, 기가 막히게 좋지요. 부처님께서 석가족 왕에게 이르신 법문 한 번 들어보시겠습니까?"

"예, 그러지요."

원광스님이 열중하여 듣자 호구사 승려가 말을 이었다.

"이건 중아함에 이르신 말씀인데요, 석가족 왕 마하나마가 부처님께 여쭈었어요. '온갖 근심 걱정 때문에 편한 잠을 이룰 수가 없으니 어찌 하면 좋겠습니까?' 하고 말씀입니다. 그러자 부처님께서 이렇게 이르셨습지요. '왕이여, 탐욕과 성냄과 어리석음이 아직도 그대 마음에 가득 차 있기 때문에 그대는 편한 잠을 들수가 없소. 탐욕이란 어디를 가도 만족할 줄 모르는 것! 탐욕은 또한 밑빠진 항아리와도 같아서 채워도 채워도 채워지지 아니 하나니, 사람들은 여러 가지 생업을 가지고 살아가면서 추위와 더위, 비바람과 배고픔에 시달리며 고통을 받소. 그러면서도 부자가 되기를 소원하지만 뜻대로 되지를 않소. 그래서 낙담과 슬픔에 빠지기도 하오. 그러다가 용케도 부자가 되었다고 합시다. 이제 그는 그 재물을 지키기 위해서 전에 없던 근심 걱정을 해야 할 것이오. 어떻게 하면 나라에 세금을 덜 빼앗길까, 도둑이 들어와서 훔쳐가지는 않을까, 불이 일어나서 타버리지는 않을까, 홍수가 이 재물을 쓸어가 버리지는 않을까, 어떻게 하면 친척들에게 뜯기지 않을까, 이런 근심 걱정에 편한 잠을 이루지 못하게 될 것이오. 그러다가 더러는 세금으로 빼앗기고, 더러는 도둑에게 빼앗기고, 친척에게 뜯기고, 불에 타고 물에 쓸려 내려가기도 하는 것이오. 또 설령 빼앗기지 아니하고 두 손에 끝까지 움켜쥐고 있더라도 결국은 죽을 때가 되어 세상을 떠날 적에는 아무것도 가지고 가지 못하는 것이 바로 재물이니 결국은 아무 소용이 없는 것이오. 허나 어리석은 사람은 아무 소용없는 이 탐욕 때문에 사람을 죽이고, 사람을 속이고, 도적질을 하고 거짓을 말하니, 이것이 모두 탐욕의 재앙인 것이오.' 이렇게 말씀하셨습지요. 그러자 석가족 왕은 비로소 깨닫고 기쁜 마음을 얻어 돌아갔지요."

호구사 승려의 말을 들은 원광스님은 고개를 끄덕였다.

"과연 아함경은 중생들을 위해 다시없이 좋은 법문입니다. 아무쪼록 소승도 배우게 해 주십시오."

원광스님은 소주 땅 호구사에서 구사론을 배운 뒤에 장아함경, 중아함경, 증일아함경, 잡아함경을 깊이 공부하였는데, 이때 이 네 가지 아함경을 배워 마치고 나니, 참으로 세상을 보는 눈이 다시 활짝 열리게 되었다.

그런데 어느날 저녁의 일이었다.

호구사 승려가 방문 밖에서 큰 소리로 외쳤다.

"방 안에 있는 원광스님은 깨어 있거든 대답을 하시고, 잠을 자거든 그대로 잠이나 자시오."

원광스님이 빙그레 웃으며 답했다.

"허허허, 내가 이 절에 처음 왔을 적에는 절 이름을 호랑이 호자, 입 구자, 호구사라서 호랑이 아가리 속에 들어왔다고 겁을 주시더니 오늘은 또 나를 희롱하시는구료. 어서 들어 오시기나 하시오."

그러나 호구사 승려는 선뜻 들어오지 않는 것이었다.

"한 마디 물을 것이니 대답부터 해야 할 것이외다."

"그럼 어디 물어보시지요."

"내가 과연 그 방 안으로 들어갈 것 같소이까, 아니면 아니 들어갈 것 같소이까?"

"허허허허, 들어올 것이라 말하면 돌아가버릴 것이요, 돌아갈 것이라 말하면 들어올 것이니, 이거야말로 입야타, 불입야타, 들어온다고 말해도 틀린 말이요, 들어오지 아니 할 것이라 말해도 틀린 답이 될 것이니, 이래도 방망이요, 저래도 방망이라, 내가 대답을 할 것 같소이까, 아니면 대답을 아니 할 것 같소이까?"

원광스님의 대답에 호구사 승려가 호탕하게 웃었다.

"하하하하, 내가 던진 방망이에 내가 맞았소이다 그려. 어서 방문이나 활짝 열어 주시오."

원광스님이 방문을 열며 말했다.

"어서 들어오시지요."

호구사 승려가 성큼 방 안으로 들어왔다.

"내 방을 찾으신 데는 필시 까닭이 있으시겠지요?"

호구산 승려는 원광스님을 쳐다보며 말했다.

"한 가지 물어볼 일이 있어서요."

"아니, 호구사 대사께서 어찌 이 빈도에게 물어볼 게 있다고 하시는지요?"

"당신이나 나 말이오, 이거 우리가 살아가고 있는 게요, 아니면 죽어가고 있는 게요?"

원광스님이 웃었다.

"허허허허, 그야 뒤에서 보면 살아가고 있을 것이요, 앞에서 보자면 죽어오고 있을 것입니다."

"어찌해서 그렇단 말이시오?"

"태어난 것은 이미 지난 일이니 뒷모습이요, 죽는 일은 닥쳐올 것이니 앞으로의 일이 아니겠습니까?"

호구사 승려는 원광스님의 말을 다시 되받아 하는 것이었다.

"태어난 것은 지난 일이요, 죽는 것은 닥쳐올 일이다……."

"태어난 쪽에서 바라보자면 살아가는 것이지만, 죽음 쪽에서 바라보자면 점점 한 걸음씩 죽어오고 있는 셈……."

"그러니 살아가기도 하고, 죽어가기도 한다 그런 말이지요?"

"생불생, 사불사요, 생즉사, 사즉생이라 했으니 살아있는 것이 살아있는 게 아니요, 죽는 것이 죽는 것이 아니며 생이 곧 죽음이요, 죽음이 곧 생이라 했습니다."

호구사 승려가 고개를 끄덕이며 말했다.

"그러면 내가 한 가지 더 묻겠소이다."

"…… 무슨…… 말씀이신지요?"

"내 나이 이미 오십을 넘었는데, 과연 내가 숨이 끊어지면 어찌 되겠소이까?"

원광스님은 호구사 승려를 물끄러미 쳐다보다가 말했다.

"부처님이 이르시기를 사람의 목숨은 호흡지간에 있다고 하셨으니, 콧구멍에 바람이 들어가지 아니하면 곧 죽음이요, 콧구멍으로 들어간 바람이 나오지 아니해도 곧 죽음이라. 숨이 끊어지면 그땐 죽는 것이지요."

"허면 내 이 육신은 어찌 되겠소이까?"

"물으시는 뜻이 있을 터이니 대답을 해 올리겠습니다. 부처님께서 이렇게 이르셨습니다. '그대가 죽어 그 육신을 산이나 들판에 버리면 짐승이 뜯어먹고 새가 쪼아먹을 것이요, 만일 그 육신을 땅 속에 묻으면 벌레가 파먹고, 풀뿌리 나무뿌리가 빨아먹을 것이며, 만일 그 육신을 불에 태우면 흙의 성분은 재가 되어 흙으로 돌아가고, 물의 성분은 수증기가 되어 증발할 것이며, 바람의 기운은 바람으로 돌아가고, 더운 기운은 불로 돌아갈 것이니 지수화풍의 인연이 흩어지면 결국은 다시 지수화풍으로 돌아갈 것이니라.' 라구요."

가만히 듣고 있던 호구사 승려가 다시 물었다.

"그러면 오 년 후나 십 년 후, 아니 아무리 길게 잡아도 오십 년 후에 내가 죽게되면 내 이 육신이 그렇게 지수화풍으로 흩어져서 없어진단 말이시오?"

원광스님은 고개를 저었다.

"부처님께서는 없어진다고 말씀하시지도 않으셨고, 사라진다고도 말씀하시지 않으셨습니다."

"그러면 대체 이 육신은 어찌 된다는 게요?"

"물의 성분은 수증기가 되어 안개로 되었다가 구름도 되었다가 비도 되었다가 샘물도 되고 냇물도 되고, 토끼가 마시면 토끼의 몸이 되고, 채소가 빨아들이면 채소가 되고, 사람이 마시면 또 사람의 몸도 되고, 그 모습을 계속해서 바꾸면서 끝없이 돌고 돌 것이니 흙 기운, 불 기운, 바람 기운 또한 그러한 법, 결코 없어지지도 사라지지도 아니하고 끝없는 윤회를 계속할 것입니다."

원광스님이 말이 끝나자 갑자기 호구사 승려가 호탕하게 웃었다.

"하하하하, 이것 보시오 원광스님."

"…… 예, 말씀하시지요."

"이제 원광스님은 이 호구사를 떠날 때가 되었으니 어서 걸망을 챙기도록 하시오."

느닷없이 호구사를 떠나라는 호구사 승려의 말에 원광스님이 깜짝 놀라며 물었다.

"소승더러 이곳을 떠나란 말씀이십니까?"

"구사론을 배워 마치고, 장아함, 중아함, 증일아함, 잡아함까지 다 통달했으면 이 호구사에는 더 있을 까닭이 없단 말이니, 내일 아침 당장 떠나란 말입니다."

7

중생에게 되돌려 주시오

호구사에서는 이제 더 이상 배울 것이 없으니 떠나라는 호구사 승려의 말에 원광스님은 한동안 침묵을 지키고 앉아 있었다.

멀리서는 산짐승 우는 소리가 계속해서 들려왔다.

호구사 승려가 먼저 입을 열었다.

"이것 보시오 원광스님, 내 말을 못 알아들으셨소이까?"

"아, 아니옵니다. 스님의 말씀은 잘 알아들었습니다."

"아 그러면 가타부타 무슨 말씀이 있어야 할 일이 아니겠소?"

원광스님은 잠시 더 침묵을 지킨 후 조용히 입을 열었다.

"소승 한 말씀 올리고자 하옵니다."

"말 해 보시오."

"소승이 배를 타고 바다를 건너 이 중국 땅에 들어온 지도 어언 십여 년의 세월이 흘렀습니다."

"그, 그래서요?"

"그동안 금릉의 장엄사, 그리고 이 호구산 호구사에 머무는 동안 성실론을 배우고, 열반경을 읽고, 거기다가 스님의 은혜로 구사론까지 접하고 네 아함경을 모두 다 배웠으니, 이것은 참으로 부처님과 조사님들의 은덕인 줄 아옵니다."

여기까지 말을 한 원광스님은 잠시 허공을 응시했다.

"말씀 계속 하시지요."

원광스님의 눈빛이 조용히 흔들렸다.

"예, 소승 이제 무궁무진한 부처님 경전을 배우고 보니 세상 만사 다 물리치고 이곳 호구산 산 속에 묻혀 산짐승 울음 소리, 바람 소리를 벗삼아서 푸른 하늘 푸른 산을 거닐다가 조용히 일생을 마칠까 하옵니다."

"허면 이 호구산 자연 경계가 그렇게도 마음에 들더란 말이시오?"

"산도 산이려니와, 생도 없고 사도 없고 너도 없고 나도 없는 부처님의 가르침을 배우고 나니 더 이상 나아갈 곳도 바랄 것도 없어졌습니다."

"하지만 잘못 생각하셨소이다."

"잘못 생각하다니요?"

"물을 떠나서는 고기가 없듯이 중생을 떠나서는 수행자도 없는 법, 어찌 출가 수행자가 중생을 외면하고 저 혼자 산속에서 한가로움만을 즐길 수 있단 말이시오?"

"하오나 스님."

그러나 호구사 승려는 원광스님의 말을 묵살하고 말을 계속 잇는 것이었다.

"이것 보시오 원광스님. 잘 들으시오. 원광스님은 그동안 수많은 시주님네들의 덕분으로 편히 먹고 자며 부처님의 가르침을 배울 수가 있었소."

"예, 그 점은 소승도 잘 알고 있사옵니다."

"그 점을 잘 알고 있으면서도 중생을 외면하고 산속에서 혼자 한가로움을 즐기겠단 말이시오?"

"혼자만 한가로움을 즐기겠다는 뜻이 아니오라……."

호구사 승려는 원광스님의 말은 듣지 않고 계속해서 말했다.

"잘 들으시오. 스님이 이 호구사에 더 머물고 싶다면 조건이 한 가지 있소이다."

"조건이시라면?"

"그동안의 밥값, 그리고 앞으로의 밥값만 제대로 치르어주겠다면 몰라도, 그렇지 아니하면 더 이상 머물게 할 수는 없겠소이다!"

"하오시면 대체 밥값을 어떻게 치르라는 말씀이신지요?"

원광스님의 물음에 호구사 승려는 눈 하나 깜짝이지 않고 차갑게 말하는 것이었다.

"그동안 닦은 공부, 중생을 위해 되돌려 주시오! 그렇지 못하겠거든 당장 걸망을 챙기란 말입니다."

말을 마친 호구사 승려는 벌떡 일어나 횡하니 나가는 것이었다.

호구사 승려가 자기 방으로 돌아간 뒤, 원광스님은 크게 뉘우치고 있었다.

원광스님의 귀에는 옛 은사님의 목소리가 들려오는 것 같았다.

"원광은 듣거라! 그대는 과연 무엇을 바라고 삭발 출가하여 불문에 들어 왔느냐? 일 하기가 싫어서, 땀 흘리며 일 하기가 싫어서, 그래서 삭발 출가하여 신도들이 갖다주는 시주물이나 받아먹고 편히 지내려고 들어왔단 말이더냐?"

"아, 아니옵니다. 결코 그것은 아니옵니다."

"허면, 너 혼자 부처님의 가르침을 배워서, 너 혼자 기뻐하고, 너 혼자 즐기고, 너 혼자 극락에 가려고 삭발 출가했느냐?"

"아, 아니옵니다. 그것도 아니옵니다."

"너 혼자 불도를 닦아서 너 혼자 부처가 되어, 너 혼자 즐겁고, 너 혼자 기쁨을 누리면, 저 산 아래 고해 바다에서 천 가지만 가지 근심 걱정에 허덕이는 저 중생들은 과연 어찌 하겠는고?"

"소승이 잘못했사옵니다. 용서하십시오."

"불 속에 빠져 있는 중생, 물 속에 빠져 있는 중생, 고해중생들이 수도 없이 많고 많거늘 어찌하여 너는 고해중생을 건져낼 생각은 하지 아니하고 너 혼자 산을 즐기고, 너 혼자 바람을 벗하고, 너 혼자 맑은 물을 마시려 하느냐?"

"잘못되었습니다. 잘못되었습니다. 어리석은 마음 참회드리오니 용서하여 주십시오."

밤새 참회의 기도로 밤을 꼬박 새운 원광스님은 다음날 아침 일찍 호구사 승려를 다시 찾았다.

"스님, 소승 그동안 밀린 밥값을 단단히 치르고자 하오니 분부를 내려 주십시오."

호구사 승려가 호탕하게 웃었다.

"허허허허, 그러면 내가 부탁하는대로 들어주시겠소이까?"

"예."

"밥값을 치르자면 두 가지 방법밖에는 없으니, 한 가지는 몸으로 땀흘려 일을 해주는 것이요, 또 한 가지는 그동안 배우고 닦은 부처님의 가르침을 만 천하의 고해중생을 위해 되돌려 주는 일이니, 원광스님은 과연 어느 쪽을 택하시겠소이까?"

원광스님이 얼른 대답했다.

"스님의 분부대로 따르고자 하옵니다."

호구사 승려는 잠시 생각하다가 말했다.

"부처님의 가르침을 그만큼 달통했으면 마땅히 그 가르침을 전해줌이 옳을 것이니, 내일 모레 신도들이 모이면 법문을 해주도록 하시오. 아시겠소이까?"

원광스님은 고개를 끄덕이며 대답했다.

"예, 스님. 분부대로 하겠습니다."

원광스님은 출가 수행자의 두 가지 다짐을 다시 한 번 생각하게 되었다. 첫째는 상구보리, 둘째는 하화중생이니 위로는 보리를 구하는 동시에, 아래로는 중생을 교화하라는 것이다.

호구사 승려가 다시 원광스님을 불렀다.

"이것 보시오, 원광스님."

"예."

"우리 출가 수행자들이 아침 저녁으로 다짐하는 서원이 있으니 그것은 바로 상구보리요, 하화중생입니다."

"…… 예."

"먼저 부처님의 진리를 깨닫고, 그 다음에는 중생을 제도하겠다는 다짐이지요."

"…… 그렇습니다, 스님."

"허면 어찌해서 먼저 부처님의 진리를 배우고 닦아서 깨달아야 하고, 그 다음에 중생을 제도하라 일렀는지 짐작하시겠소이까?"

호구사 승려의 물음에 원광스님이 대답했다.

"예. 먼저 부처님의 진리를 배우지도 아니하고 깨닫지도 못한 채 중생을 제도하겠다고 나서는 것은 마치 의술도 배우지 아니한 사람이 병든 사람을 고치겠다고 칼을 들고 배를 가르는 것과 같은 어리석은 짓이기 때문입니다."

호구사 승려가 흡족한 미소를 지었다.

"바로 말씀하셨소이다. 부처님의 진리는 의술과도 같은 것, 사람을 살리는 의술을 배우고 깨달은 뒤에 병든 사람을 살리라는 뜻입니다. 그러니 부처님의 진리를 깨닫기도 전에 중생부터 제도하겠다고 설치는 수행자는 마치 의술도 다 배우지 못한 돌팔이가 칼을 들고 설치는 것처럼 어리석은 짓이지요. 그렇지 않소이까?"

"그, 그렇습니다. 그래서 소승이……."

호구사 승려가 다시 원광스님의 말을 막았다.

"허나, 의술을 배워 마치고 사람을 살릴만한 의술에 통달한 사람이 병자를 보고도 외면하면, 그것은 과연 도리에 맞겠소이까?"

"그것은 도리에 어긋나는 일이 되겠습니다."

"바로 말씀하셨소이다. 내가 보기에 원광스님은 이제 사람을 살려도 수없이 많은 사람을 살릴만한 좋은 의술을 다 갖추었으니 사람을 살려야 할 때가 되었다, 그런 말씀입니다."

"아, 아니옵니다. 소승 아직 아는 것이 별로 많지도 못하고 깊지도 못하옵니다."

호구사 승려가 고개를 저었다.

"다른 일에는 겸양지덕이 미덕이 될 것입니다마는, 병든 사람을 옆에 두고 의원이 겸양지덕만 내세우는 것은 도리가 아닙니다. 자, 그럼 스님의 법문을 기다리는 대중들을 위해 아래채로 내려 가십시다."

원광스님이 아래채 객사로 내려가니, 마을 사람 서너 명이 기다리고 있었다.

마을 사람들은 원광스님에게 예를 갖추고 법문 듣기를 간청하는 것이었다.

그러나 원광스님은 극구 사양하였다.

"소승 아직 법문을 해드릴만한 그릇이 되질 못하니 이 점 널리 용서하십시오."

그러자 마을 남자가 말했다.

　"원 그럴 리가 있겠습니까? 듣자하니 스님께서는 부처님 경전 공부에 사통팔달해서 막힘이 없다고 그러던데요."

　"아, 아니옵니다. 공연한 소문만 그리 퍼졌나 보옵니다."

　"그러면 저, 스님 법문일랑 훗날에 듣기로 하고 말씀입니다요. 기왕지사 여기까지 왔으니 내 한 가지만 여쭙고자 하옵니다요."

　"예, 무슨 말씀이신지, 하시지요."

　"그동안 절에 오거나 스님을 만나뵈면, 복받고 잘 살기를 바라거든 보시를 해라, 보시를 해라, 보시를 잘 해야 복을 받고 잘 산다고 그런던데 말씀예요."

　"예, 말씀 계속하시지요."

　"보시라고 하는 게 그러니까 절이나 스님한테 시주를 많이 해라, 그런 말씀입지요?"

　원광스님이 가볍게 웃으며 말했다.

　"허허허, 그렇게들 잘못 알고 계신 분들이 많으신 것 같사옵니다만 부처님께서 이르신 보시는 그런 것이 아닙니다."

　"그럼 대체 무엇을 어찌 하라는 게 보시란 말씀인지 알아듣기 쉽게 자세히 좀 말씀해 주십시오."

　"예, 그러지요. 보시란 말 그대로 베풀어 나누어 주는 것이니,

배고픈 사람에게 먹을 것을 나누어 주는 것도 보시요, 헐벗은 사람에게 입을 것을 나누어 주는 것도 보시요, 병들어 신음하는 사람에게 약을 나누어 주는 것도 보시요, 목마른 사람에게 물 한 그릇 나누어 주는 것도 보시라 할 것입니다."

고개를 끄덕이며 듣고 있던 마을 남자가 물었다.

"그, 그러면 나누어 줄 것이 없는 사람은 보시를 하고 싶어도 못하겠습니다요?"

원광스님이 고개를 저었다.

"아, 아닙니다. 먹을 것이나 입을 것이나 약이나 이런 재물을 나누어 주는 것을 재보시라고 합니다만 재물이 없더라도 법보시를 할 수 있고 게다가 또 무외보시를 할 수도 있다고 하셨습니다."

마을 남자는 처음 들어보는 말인지라 다시 물었다.

"······ 법······ 보시는 또 어떻게 하고, 무외보시는 또 무엇인지요?"

"예, 법보시는 말 그대로 바른 법을 가르쳐주어 좋은 길로 인도해 주는 것이니, 이를테면 부처님 가르침을 전해주어 옳고 바르고 착하게 살도록 인도하면 그것이 곧 법보시가 될 것이요, 길을 묻는 사람에게 바른 길을 친절하게 잘 알려주어 옳게 가도록 도와주면 그것도 법보시를 하는 것이라 할 것입니다."

"그러면 또 무외보시는 어떻게 하는 것입니까?"

"재보시는 재물이 있어야 하고, 법보시는 아는 것이 있어야 하겠습니다마는 무외보시는 말 그대로 무서움을 없애주는 것이니 사람이나 짐승을 해치지 아니하고 무서워하는 마음을 없게 해주는 것을 무외보시라 하셨습지요."

마을 남자가 고개를 끄덕이며 물었다.

"사람이나 짐승이나 편안하게 해주어라 그런 말씀이신가요?"

"그렇습니다. 보살펴주고 감싸주고 지켜주고 아껴주는 마음, 그것을 바로 무외보시라 할 것입니다."

"아, 예. 참으로 좋은 말씀 들려주셔서 고맙습니다."

마을 사람들은 원광스님에게 공손히 고개를 숙였다.

이렇게 원광스님의 첫 설법은 마을 사람 서너 명을 상대로 이루어졌다.

그렇지만 원광스님의 첫 설법을 들은 마을 사람들은 알아듣기 쉬운 원광스님의 설법에 깊이 감동하였다.

그리하여 사흘도 지나기 전에 다시 또 찾아와 법문을 청하는 것이었다.

마을 남자가 원광스님에게 말했다.

"지난번에는 스님께서 보시가 무엇이며 어떻게 하는 것인지 아주 시원하게 가르쳐주셨습니다만, 이번에는 지계에 대해서 소상히 좀 알려주십시오."

원광스님의 얼굴에 미소가 떠올랐다.

"여섯 가지 바라밀 가운데 그 두번 째인 지계 바라밀을 가르쳐달라 그런 말씀이시지요?"

"예, 계를 잘 지켜라, 지계란 말이 그런 말인줄은 알겠습니다마는 무슨 계를 어떻게 지키라는 것인지……."

원광스님이 설명하기 시작했다.

"…… 아, 예. 부처님께서 계를 잘 지켜라 이렇게 당부하셨으니 출가 수행자에게는 이백오십 가지가 넘는 수행자의 계를 지키라는 말씀이시고, 속가에 사시는 분들에게는 살아있는 목숨을 죽이지 말고, 남의 물건을 훔치지 말고, 거짓말을 하지 말고, 삿된 음행 하지 말고, 술 마시지 말라 이렇게 당부하신 것입니다만……."

"그러면 그 다섯 가지만 잘 지켜나가면 된다 그런 말씀이신가요?"

"크게 보자면 이 다섯 가지 계만 잘 지키시면 바른 행동을 하신다고 할 것입니다만 여기서 한 가지 유념하셔야 할 점이 있습지요."

마을 남자는 진지한 표정으로 물었다.

"그것이 무엇인지 자세히 일러주시지요."

"예를 들어 말씀드리자면 부처님께서는 거짓말을 하지 말라고 이르셨습니다."

"예."

"그런데 이 말씀 가운데는 거짓말 한 가지만 금하신 게 아니라 악담도 하지 말 것이며, 중상모략하는 말도 하지 말 것이며, 아첨하는 말도 하지 말 것이며, 욕설도 해서는 아니된다고 하셨고, 또한 여기서는 이 말을 하고, 저기 가서는 저 말을 하는 것도 금하라 하셨으니, 거짓말 하지 말라는 한 가지 계율 속에 여러 가지 당부가 다 담겨 있다는 것을 아셔야 할 것입니다."

"그, 그러면 한 가지 계율을 가지고도 한참 여러 가지를 생각해 보아야 하겠습니다요?"

원광스님이 고개를 끄덕였다.

"이를테면 부처님께서는 남의 물건을 훔치지 말라고 이르셨지요."

"예, 그 말씀이 바로 도적질 하지 말라는 말 아니겠습니까요?"

"그렇습니다. 하지만 남의 담을 넘어가서 훔치는 것만 도적질인지, 남의 논밭에 들어가서 곡식을 훔치는 것만 도적질인지, 그걸 잘 생각해 보셔야 합니다."

원광스님의 말에 마을 남자가 고개를 갸우뚱하며 물었다.

"그러면 어떤 것이 또 도적질이란 말씀이십니까요?"

"남의 돈을 빌렸다가 갚지 아니 하는 것도 도적질이요, 남의 물건을 돈 안주고 가져갔다가 물건값을 떼어먹으면 그것도 도적질이요, 나라에 바칠 세금을 적게 내면 그것도 도적질이요, 장사를 하면서 물건값에 이익을 너무 많이 붙여서 팔아먹으면 그것도 도적질이요, 질이 나쁜 물건, 썩은 물건을 눈속여 팔아먹으면 그것도 도적질이니 한 가지 계율 속에는 이처럼 많은 뜻이 담겨 있다 할 것입니다."

마을 남자는 고개를 끄덕였다.

"듣고 보니 과연 스님의 말씀이 옳으십니다. 그밖에 또 어떤 일이 도적질이 되겠는지요?"

"품삯을 받고 일을 하면서 주인 눈을 속이고 일하는 척하고 제대로 일을 해주지 아니하면 이것도 도적질이요, 일은 호되게 시켜먹고 품삯을 제대로 넉넉히 주지 아니하면 이것 또한 도적질이요, 관직에 있는 자가 뇌물을 받아먹고 일을 그르치면 이 또한 도적질이지요."

"과연 스님의 법문은 속이 다 시원하니 참으로 고맙습니다."

마을 남자는 원광스님에게 몇 번씩이나 인사를 하는 것이었다.

원광스님의 설법은 이렇게 그야말로 시원시원하게 막힘이 없었으니, 한 번 설법을 들은 사람은 마을로 내려가 여기저기 자랑을 하였다.

그렇게 되니 날이 갈수록 호구사에는 수많은 사람들이 모여들어 원광스님께 법문을 청하게 되었다.

8
이제부터는 원광법사라 부를 것이오

겨울이 지나고 봄이 돌아온 어느날이었다.

근처 산중에서는 제법 내로라 한다는 중국 스님 한 분이 원광스님 앞에 주장자를 짚고 나타났다.

중국 스님은 먼저 주장자로 땅바닥을 내리친 후 말문을 열었다.

"바다 건너 신라 땅에서 왔다는 원광은 들으시오."

"예, 말씀하십시오."

"듣자하니 그대는 오만방자하게도 부처님 말씀을 제멋대로 새겨 무지몽매한 인근 사람들에게 잘못 퍼뜨리고 있다 하거니와 부처님 말씀을 잘못 새겨 전하면 지옥이 삼천 개도 넘을 것이오!"

원광스님이 나직한 목소리로 대답했다.

"예, 소승도 그 점은 잘 알고 있사옵니다."

"과연 그대가 부처님 말씀을 바르게 전하고 있는지, 아니면 부처님 말씀을 엉뚱하게 잘못 새겨 혹세무민하고 있는지 점검할 것인즉 내가 묻는대로 숨김없이 일러야 할 것이오."

"예."

"자고로 부처님 말씀은 하늘도 고치지 못하고, 황제도 건드리지 못하는 법, 만일 일 자 일 구라도 부처님의 본뜻에 어긋남이 있었다면, 그대는 결코 살아서 이 호구사를 떠나지 못할 것인즉, 이 주장자가 그냥 두지 아니 할 것이오!"

그리고는 다시 주장자로 바닥을 내리쳤다.

원광스님은 조금도 흔들림이 없는 목소리로 대답했다.

"소승 처분대로 감당할 것이오니 하문하십시오."

그동안 마을 사람들을 상대로 파격적인 설법을 해왔던 원광스님이었으니 중국 스님이 이렇게 따지고 나오는 것도 무리는 아니었다.

그러나 여기서 묻는 말에 대답을 잘못했다가는 저 무시무시하게 생긴 여섯 척 주장자가 사정없이 후려칠 지경이니 호구사 법당 앞에는 긴박감이 감돌았다.

드디어 중국 스님이 다시 주장자를 내리치고는 물었다.

"그대는 도적질 하지 말라는 부처님 계율을 제멋대로 해석하여 관직에 있는 자가 뇌물을 받아먹고 일을 그르치면 이것 또한 도적질이다 운운했다던데?"

"예, 그렇게 말씀드린 일이 있었사옵니다."

"허면 이번에는 내가 직접 물을 것이니 지체말고 이르시오!"

"예, 분부대로 따를 것이오니 하문하십시오."

중국 스님은 다시 주장자를 내리쳤다.

"부처님이 이르신 육 바라밀 가운데 세번 째 바라밀은 무엇이었던고?"

"…… 예. 인욕 바라밀인 줄로 아옵니다."

"허면 대체 인욕 바라밀은 어떻게 새길 것인고?"

그러나 원광스님은 중국 스님의 물음에 대답하지 않고 되묻는 것이었다.

"하오면 스님께서는 과연 어떻게 새기고 계신지 그것부터 하교하여 주셨으면 하옵니다."

"무엇이라구? 나부터 한 번 말을 해 보아라?"

"스님께서 하교하여 주시면 그 가르침을 받고자 하옵니다."

중국 스님은 주장자를 내리치며 호통을 쳤다.

"이것 보시오! 나는 오늘 그대에게 가르침을 내리자고 온 것이 아니라, 부처님 말씀을 제대로 해석하고 제대로 전했는지, 그것을 점검하러 왔단 말이오! 공연히 도망칠 생각은 말고 어서 이르시오!"

그제서야 원광스님이 말했다.

"그러면 소승이 말씀을 해 올리도록 하겠습니다."

"어서 이르시오. 인욕 바라밀을 어떻게 새기고 있소?"

"인욕은 말씀 그대로 욕됨을 참고 견디라는 당부이신 줄로 아옵니다."

"욕됨을 참고 견디라?"

"그렇습니다."

"어떤 욕됨을 참고 견디라는 말이란 말이오?"

"힘든 일을 당했을 때도 참고 견뎌야 할 것이요, 억울한 일, 분한 일, 성낼 일을 당했을 적에도 참고 견디라는 말씀이지요."

원광스님의 대답에 별 것 아니라는 듯이 중국 스님이 웃었다.

"하하하하, 그렇게 새긴다면 우리가 그동안 해석한 것이나 한 자 한 구절도 다른 것이 없거늘 대체 무엇이 시원하다고 사람들이 모여든단 말이던고?"

잠시후, 원광스님이 덧붙여 말하는 것이었다.

"부처님 경전에 적혀 있는 글자만 보자면 소승이 앞서 말씀 드린대로 힘든 일도 참고 견디고, 억울한 일, 분한 일, 성낼 일을 당했을 적에도 참고 견디는 것이 인욕 바라밀일 것입니다.

허나……."

"허나 무엇이 또 어떻더란 말인가?"

"부처님께서 인욕 바라밀을 당부하신 뜻은 글자에 보이는 참고 견디는 것만이 아닌 줄로 아옵니다."

"허면 그 말씀에 또 다른 뜻이 들어있단 말이던고?"

"세상은 여덟 가지 고통의 바다이니 인생살이 모두가 고통인 줄 바로 보고, 바로 알고, 바로 받아들여서 어떠한 어려움, 어떠한 고통, 어떠한 억울함, 어떠한 분함도 모두 다 자비로운 마음으로 삭히라는 뜻이요, 한 걸음 더 나아가자면 먹고 싶은 것도 참고 견디라는 말씀이요, 입고 싶은 것도 참고 견디라는 말씀이요, 기뻐 날뛰고 싶은 마음도 참고 견디라는 뜻이요, 으리으리한 집 자랑, 벼슬 자랑, 재물 자랑, 공부 자랑, 이런 어리석은 욕심도 참고 견디라는 말씀이니 세상 만사 모두 덧없는 것, 나쁜 일도 좋은 일도 다 참고 견디라는 말씀이 아닌가 하옵니다."

원광스님의 말을 듣고 있던 중국 스님의 굳었던 표정이 점점 부드럽게 풀렸다.

"이것 보시오, 원광스님. 내가 듣고보니 과연 스님은 부처님 경전에 달통한 분! 이제부터 스님을 원광법사라 부를 것이니 지난 허물은 탓하지 마시오!"

부처님 경전을 엉뚱하게 해석하여 어리석은 백성들을 끌어 모은다 하여 혼을 내주려고 쫓아왔던 중국 스님은 원광스님의 통쾌한 답변을 듣고는 그만 두 손을 합장하고 말았다.

원광스님의 설법이 이토록 절묘하고 시원하다는 소문이 꼬리에 꼬리를 물고 소주 땅 인근에 퍼져 나갔으니 원광스님이 비록 바다 건너 조그마한 나라에서 온 신라 스님이었지만 걸망까지 챙겨 짊어지고 모여드는 중국 승려들로 호구사는 늘 붐비게 되었다.

대중들로 웅성거리는 소리가 호구사 경내에 가득했다.

원광스님은 주장자를 내리치며 큰 소리로 말했다.

"여러 대중들은 잘 들으시오. 부처님께서는 그때에 제자 아난다에게 분부하시어 깃자구우타 근방에 있던 모든 비구들을 한 자리에 모이게 하신 뒤 이렇게 말씀하셨습니다.

'비구들이여, 나는 이제 그대들을 위하여 일곱 가지 법을 말할 것이니 자세히 듣고 잘 생각하라. 비구들이여, 그대들은 서로 자주 모여서 법회를 열고 불법을 강설하라. 그리하면 불도가 오래 머물 것이다. 비구들이여, 그대들은 상하가 화목하여 서로 공경하라! 비구들이여, 법을 받들고 계율을 엄히 지키며 함부로 고치지 말라. 어른이나 아이나 먼저 출가한 사람이나 예절과 효도와 공경을 근본으로 하라. 이익이 되는 일은 남에게 먼저 주고 중생을 사랑하라. 찾아오는 사람은 후히 대접하고 병든 사람은 극진히 보살펴라. 그리하면 불도는 오래오래 머무를 것이다!'"

이 당시 중국 땅에 머물고 계시던 원광스님의 법력이 어느 정도였는지는 중국에서 중국 승려가 펴낸 속고승전에 원광스님의 이야기가 기록되어 있는 것만 보아도 짐작할 수가 있는 일이다.

바다 건너 조그마한 나라, 신라 출신의 원광법사가 당시 중국에서 펴낸 속고승전에 당당히 수록되었으니 원광스님의 학문의 깊이와 덕의 높음은 중국 불교계에서도 숭상할 정도였다.

헌데 원광스님이 중국의 소주 땅 호구사에서 한참 법명을 드날리며 통쾌한 설법을 계속하고 있던 서기 589년, 우리나라 신라에서는 진평왕이 왕위에 오른 지 만 일 년이 되던 해였다.

그 때에 중국에서는 또 한 번의 천하대란이 일어나게 되었다.

황하 유역에서 일어난 수나라가 남쪽 양자강까지 휩쓸어 진나라를 망하게 했으니, 그 화가 자연 호구사에도 미치게 되었다.

하루는 중국 승려가 문을 두드리며 다급하게 외쳤다.

"이것 보시오, 원광법사! 원광법사 어서 나오시오."

방에 있던 원광법사가 방문을 열고 나왔다.

"아니, 어쩐 일로 이리 급하시옵니까요?"

중국 승려의 안색이 심상치가 않았다.

"큰일났소이다! 어서 걸망을 챙겨 이 호구사를 떠나야 하오."

"대체 무슨 일인데 이러시옵니까요?"

"천하대란이 결국은 우리 호구사까지 덮치게 되었소."

원광법사는 깜짝 놀라서 물었다.

"아니, 그러면 수나라 병사들이 기어이 소주 땅까지 들어왔다는 말씀이십니까?"

"이미 때는 기울어 우리 진나라는 지는 해가 되었고 수나라는 떠오르는 해가 되었소."

"대체 어디까지 들어왔단 말씀이시온지요?"

"진나라는 이제 끝난 셈이니 어서 걸망이나 챙겨 떠나도록 하십시다."

그러나 원광법사는 움직일 생각도 않았다.

"이 호구사를 버리고 어디로 떠나자는 말씀이십니까?"

"엊그제 벌써 산 아래 마을이 수나라 군사들에게 짓밟혔고, 이 호구사도 결코 무사하지는 못할 것이니 어서 서두르시오. 어서 걸망부터 챙기란 말이오!"

중국 승려가 아무리 재촉해도 원광법사는 태연하게 말하는 것이었다.

"떠나시려거든 스님이나 대중들을 데리고 떠나십시오."

중국 승려가 답답하다는 듯 말했다.

"아, 대중들은 이미 벌써 다 떠났어요. 무지막지한 수나라 군사들이 절에 들이닥치면 승려들부터 잡아 죽인다는데 대체 어쩌자고 여기 남겠다는 게요?"

그래도 원광법사는 막무가내였다.

"소승은 살아도 여기 호구사에서 살고, 죽어도 이 호구사에서 죽을 것이니 그리 아시고 스님이나 어서 떠나십시오!"

원광스님이 완강히 버티자 중국 승려는 발을 동동 구르며 말했다.

"허허, 이런 답답한 사람을 보았는가! 이 절에 남아 있다가는 필시 재앙을 당할 것이니 어서 속히 나와 함께 떠나야 하오."

"아, 아니옵니다. 스님, 이 난리통에 진나라가 망하고 수나라가 들어섰다면, 어디로 간들 수나라 밖으로 나갈 수가 있겠습니까?"

"아, 그래도 그렇지. 우선 당장은 피하고 봐야 할 것 아니오?"

"피신을 한다고 한들, 도망치다 붙잡혀도 죽고, 여기 있다 붙잡혀도 죽을 것이라면 절에서 죽는 것이 좋을 것이니 소승은 결코 이 호구사를 떠나지 않을 것입니다."

중국 승려는 할 수 없다는 듯이 혀를 내둘렀다.

"허허, 나 이런 참! 그럼 소원대로 이 절이나 잘 지키시오! 나는 우선 산속으로 더 들어가야겠소."

마침내 중국 승려는 돌아서고 말았다.

대중도 떠나고 마지막 한 분 스님마저 피난을 가고 나니, 호구사에는 풍경 소리만 덩그러니 남게 되었다.

그런데도 원광법사는 태평스럽게 절 마당을 한가하게 거닐고 있는 것이었다.

그런데 바로 그때였다.

말 울음 소리가 들리며 느닷없이 숲속에서 말 탄 군사가 절 마당으로 뛰어들어오더니 원광법사 앞에서 말을 멈추고는 호령을 하는 것이었다.

"꼼짝말고 거기 섰거라! 허튼 수작 부리면 이 장검으로 목을 베고 말것이다!"

그러나 원광법사는 조금도 동요됨이 없이 조용한 목소리로 말했다.

"보다시피 빈 손 뿐인 승려이니 염려하지 마시오."

수나라 군사는 절간 안에 원광법사 혼자뿐인 것을 확인한 뒤에야 말에서 뛰어내려 장검을 손에 쥔 채 원광스님 앞으로 다가셨다.

"이 절에는 지금 몇 사람이 숨어 있는가?"

"숨어 있는 사람은 아무도 없고 절 지키는 승려는 나 하나뿐이오."

수나라 군사가 원광법사를 자세히 살펴 보았다.

"가, 가, 가만! 말소리를 듣자하니 이 중은 중국 사람이 아닌데 그래?"

원광법사가 고개를 끄덕였다.

"잘도 보셨소이다. 소승은 저 멀리 바다 건너 신라에서 온 신라 승려요."

"이것 봐라! 중국 중도 아닌 주제에 중국 절간을 차지하고 있는 것을 보니 진나라 조정과 보통 사이가 아니었구먼 그래!"

말에서 내린 군사는 부하들에게 명령하였다.

"여봐라, 이 신라 중을 저기 저 탑에다 묶어놓고 목을 자를 것이니 어서 끌어다가 꽁꽁 묶도록 하라!"

이렇게 명령이 떨어지자마자 여기저기 숲속에서 수십 명의 수나라 군사들이 벌떼처럼 덤벼들어 순식간에 원광법사를 끌고 가더니만 법당 앞의 석탑에 밧줄로 칭칭 감아 묶는 것이었다.

원광법사는 그야말로 풍전등화의 신세가 되고 말았다.

삽시간에 호구사 절간은 수나라 군사들로 수라장을 이룬 가운데 원광법사는 석탑에 몸이 칭칭 묶인채 꼼짝달싹도 못하게 되었으니 참으로 위기일발, 꼼짝없이 죽게 된 것이다.

군사가 부하들에게 다시 명령했다.

"절간 안에 숨어 있는 자가 또 있을지 모르니 절간에 장작을 쌓아놓고 불을 지르도록 하라!"

군사의 명령에 부하들이 분주히 움직이기 시작하였다.

그때 원광법사가 큰 목소리로 외쳤다.

"이것 보시오, 무서운 재앙을 받지 않으려거든 그 명만은 제발 거두도록 하시오!"

명령을 내린 군사가 물었다.

"방금 무엇이라고 그랬는가?"

원광법사가 눈 하나 깜박이지 않고 말했다.

"만일 법당에 불을 지르면 그대는 무서운 재앙을 받게 될 것이오!"

"무엇이라구? 무서운 재앙?"

"내 말을 듣지 아니하면 그대는 하루도 지나기 전에 목을 잘리게 될 것이오!"

군사의 표정이 굳어졌다.

"무엇이? 내가 목이 잘리게 된다?"

"그렇소!"

군사는 원광법사와 법당을 번갈아 쳐다보았다.

"이것 보아라, 법당에 불 지르는 것을 잠깐 멈추어라!"

군사가 다시 원광법사를 쳐다보며 물었다.

"저 법당에 불을 지르면 정말로 내가 목을 잘리게 된단 말인가?"

"그렇소!"

원광법사가 너무나 자신있게 대답하자, 군사는 잠시 아무런 말도 못했다.

잠시후, 군사가 원광법사에게 물었다.

"점을 치는 중인가?"

"점을 치는 승려는 아니오만, 사흘 일쯤은 내다볼 줄 안다오."

잠시 생각하던 군사는 다시 의기양양해서 말했다.

"야, 이것 보아라! 그러고보니 이 신라중 이거 자칭 도사중인 모양인데 내가 문초를 해서 너부터 목을 자르고, 그 다음에 불을 질러도 늦지는 않을 것이다."

군사는 원광법사를 향해 칼을 뽑아들었다.

"이 칼이 보이는가?"

"잘 보고 있소이다."

"그러면 바른대로 말해라! 너는 대체 어떻게 해서 중국 땅에 건너 왔는가?"

"배를 타고 건너 왔소."

"무슨 목적으로 건너 왔는가?"

"부처님의 진리를 배우려고 왔소."

"몇 년이나 되었지?"

"햇수로 따지자면 십이 년이 되었소이다."

군사가 의심스런 눈초리로 원광법사를 쳐다보며 물었다.

"헌데, 중국 중도 아닌 신라 중이 감히 어찌 이 호구사를 차지하고 있는 게냐?"

"승려들은 그저 절에서 살며 불도를 닦을 뿐, 절을 차지하고 말고 하는 것이 아니오."

군사의 목소리가 다시 커졌다.

"감히 누구 앞에서 헛소리를 하는 게냐? 내가 묻는 것은 어찌 해서 이 절을 신라 중이 지키고 있었느냐는 말이다."

원광법사가 차분하게 말했다.

"다들 떠났으니 나 혼자 남았을 뿐, 내가 차지한 것도 지키고 있던 것도 아니오."

군사가 다시 소리쳤다.

"바른대로 말해라! 진나라 조정에 줄을 대고 있는 자가 분명히 있었지?"

원광법사가 답답하다는 표정을 지었다.

"자고로 삭발 출가한 승려는 부모형제도 다 인연을 끊어버리거늘 조정에 줄을 댈 까닭이 어디 있겠소이까?"

"좋다! 바른대로 말을 하기 싫다면 이 장검이 네 목을 잘라줄 것이다!"

원광법사의 목숨은 그야말로 경각에 달려 있었다.

바로 그때였다.

말을 탄 수나라 장수 하나가 쏜살같이 호구사 안으로 달려들어오면서 큰 소리로 외쳤다.

"멈추어라!"

군사가 허리를 굽혔다.

"아, 아이구 장수님께서 오셨습니까?"

장수가 급히 물었다.

"이 절간에 불을 질렀느냐?"

"아, 아니옵니다. 지금 막 이 중을 처단하고 불을 지르려던 참이었습니다."

군사의 대답이 떨어지기가 무섭게 장수가 소리쳤다.

"멈추어라, 이 멍청한 녀석아!"

군사가 어리둥절하여 장수를 쳐다보았다.

장수가 군사를 쳐다보며 말했다.

"만일 이 절간에 불을 질렀으면 너는 모가지가 달아났을 것이다!"

군사의 얼굴이 창백하게 변했다.

"예에? 무슨…… 말씀이시온지요?"

장수는 다짜고짜로 군사의 멱살을 잡았다.

"이런 무식한 놈! 우리 수나라 황제 문제께옵서 불도를 숭상한다는 것을 몰랐단 말이더냐?"

군사의 얼굴이 새파랗게 질렸다.

"예에? 황제폐하께옵서 불도를 숭상하옵신다구요?"

"그것도 모르고 절간에 불을 지른 자들은 군졸이건 군장이건 다 목이 잘렸느니라."

"아, 아니 그러면……."

장수가 명령했다.

"어서 이 승려도 풀어드려라. 황제폐하께서 아시면 네 목이 성치 못할 것이다!"

"아, 아이구 알겠습니다 장수님. 다, 다, 당장에 풀어드리겠습니다. 자, 자, 줄을 끊었으니 그, 그만 일어나도록 하십시오, 승려님."

군사의 태도는 조금 전과는 완전히 바뀌어 있었다.

"이것 참 고맙소이다. 하지만 그대의 목숨을 구해준 것은 바로 소승인 줄을 이제는 아시겠소?"

"아, 아, 알겠습니다."

장수가 원광법사 앞으로 걸어왔다.

"스님께서 욕을 보셨습니다만 이 자들이 모르고 한 짓이오니 용서하십시오."

"아, 아니올시다. 이렇게 도와주시니 그 은혜 잊지 아니할 것이오."

잠시 후 장수가 고개를 갸우뚱거리며 말했다.

"그런데 참 이상한 일입니다요, 스님."

"이상한 일이라니요?"

"내가 바로 저 건너 산에서 바라보니 바로 이 절이 불타고 있었습니다. 그래서 허겁지겁 이 절로 달려온 것인데, 절에는 불탄 흔적조차 없으니 이상한 일이 아니겠습니까?"

원광법사가 합장하며 말했다.

"부처님께서 이 절을 지키시려고 방편을 쓰셨겠지요."

"방편이라니요?"

"불가사의한 일이지만 우리 불가에서는 그런 일이 가끔씩 일어나곤 합니다. 이 젊은 군사의 목숨을 내가 구해준 것만 해도 불가사의한 일이 아니겠습니까?"

군사의 목숨을 구해주었다는 말에 장수가 원광법사를 쳐다보았다.

"아니 스님께서 이 아이 목숨을 구했다니요?"

듣고 있던 군사가 나서서 말했다.

"예, 제가 저 법당에 불을 지르려고 했더니, 저 스님께서 만일 법당에 불을 지르면 하루도 가기 전에 제 목이 달아날 것이라고 하셨습니다."

장수는 눈을 동그랗게 뜨고 말했다.

"아니 그러면 스님께서는 도사스님이 아니십니까요? 우리 황제폐하께 모시고 가도록 하겠습니다."

원광법사의 목숨을 구해준 수나라 장수는 원광법사를 자기네 황제 앞으로 모시겠다고 나서는 것이었다.

그러나 원광법사는 그말에 아무 대답을 하지 않았다.

수나라 장수가 재촉하였다.

"스님, 어서 이 말을 타십시오. 제가 황제폐하 계신 곳으로 모시고 가겠습니다."

원광법사는 고개를 저었다.

"아니올시다. 장수가 황제를 지키고 황제를 모시는 게 본분이요 도리이듯이, 출가 수행자는 사찰을 지키고 부처님을 모시는 것이 본분이요 도리이니 이 중은 이대로 여기 있겠소이다."

장수가 다시 졸랐다.

"그러시지 마시옵고 함께 가도록 하십시오. 황제폐하께서 기뻐하실 것이옵니다."

원광법사가 장수에게 물었다.

"어쩐 까닭으로 황제폐하께서 기뻐하실 거란 말씀이시오?"

"우리 황제폐하께서는 불도를 숭상할 뿐만 아니라 덕이 높고 도가 깊으신 스님을 만나시기를 즐겨하고 계시옵니다."

원광법사가 웃으며 말했다.

"허허, 그러고보니 황제폐하께서는 우리 부처님과 아주 좋은 인연을 맺으셨던 분이십니다 그려."

"아니, 그걸 어떻게 알고 계십니까요?"

"선인선과요, 악인악과라, 좋은 인연을 맺는 곳에 좋은 과보가 있고, 나쁜 인연을 맺는 곳에는 나쁜 과보가 있기 마련이니, 그래서 알지요."

장수가 원광법사를 쳐다보며 다시 한 번 물었다.

"하오면 참으로 저와 함께 가실 의향이 없으시옵니까?"

"이것 보시오, 장군!"

"예, 스님."

"날이 이미 저물어 산길이 어두워졌으니 오늘은 이 호구산에서 내려가지 못할 것이오."

"아니 그러면……?"

"캄캄한 산 속 벼랑에 떨어져 죽는 것 보다는 군사들을 노숙
시키는 편이 좋을 것이오. 장군은 이 중과 함께 차라도 한 잔
마시고 가는 편이 좋을 것이오."

장수가 고개를 끄덕였다.

"생각을 해보니 과연 스님의 말씀이 옳으신 것 같사옵니다."

"자, 그럼 군사들에게 명을 내린 후 내 뒤를 따라 오시오."

원광법사가 천천히 앞서 걸어가며 말했다.

9

집착을 버려라

그날밤 원광법사는 수나라 장수와 마주 앉아 밤이 이슥하도록 차를 마셔가며 이야기를 나누었다.

장수가 원광법사에게 물었다.

"스님께 한 가지만 더 여쭙고자 하옵니다."

"예, 말씀하시지요."

"아까 스님께서 선인선과요, 악인악과라고 말씀하셨는데 말씀입니다요."

"예, 좋은 씨앗을 심으면 좋은 열매가 열리고, 나쁜 씨앗을 심으면 나쁜 열매가 열린다는 말이지요."

"그런데 그 인연 말씀입니다요. 스님께서는 좋은 인연, 나쁜 인연을 말씀하셨는데, 좋은 인연이란 대체 어떤 인연이고, 나쁜 인연이란 또 어떤 인연인지요?"

장수의 물음에 원광법사가 대답했다.

"예. 우리 부처님께서는 제자들에게 이렇게 물으셨습지요. '여기 잘 여문 좋은 씨앗이 있다. 헌데 잘 여문 이 좋은 씨앗이 바윗돌 위에 떨어졌다면 이 씨앗은 과연 싹이 돋겠느냐, 말라 죽겠느냐?'

부처님께서는 이렇게 제자들에게 물으셨거니와 장군께서는 어떻게 생각하십니까? 과연 바윗돌 위에 떨어진 씨앗이 싹이 트겠습니까?"

장수가 얼른 대답하였다.

"그, 그야 싹이 트질 못하고 말라 죽을 것이옵니다."

"바로 말씀하셨습니다. 제 아무리 잘 여물고 좋은 씨앗이라도 바윗돌 위에 떨어지면 싹이 트질 못하고 말라 죽을 것이니, 좋은 씨앗은 좋은 인이지만, 바윗돌은 씨앗에게 나쁜 연이니 결국은 말라 죽는 나쁜 결과를 초래하게 됩니다."

장수가 알겠다는 듯 고개를 끄덕였다.

"그, 그러니까 좋은 씨앗이 바윗돌을 만나는 것은 나쁜 인연이다 그런 말씀이신가요?"

"그렇습지요, 이런 경우를 가리켜서 인연이 좋지 아니하다, 그렇게 말씀드릴 수 있을 것입니다. 허나 그와는 반대로 좋은 씨앗이 좋은 땅에 떨어지면 어찌 되겠습니까?"

장수가 대답했다.

"그, 그야 싹이 트고 잘 자라서 꽃도 피고 열매도 맺게 되겠 습지요."

"바로 그렇습니다. 좋은 인과 좋은 연이 잘 만나면 바로 이런 경우를 좋은 인연이라고 말하는 것이니 부처님께서는 또 이렇 게 물으신 적이 있으셨습니다.

'내가 여기다 콩을 심었다. 장차 이 콩 심은 곳에서는 무엇이 자라서 무슨 열매가 열리겠느냐?'"

장수는 뭐 그런 것을 다 묻느냐는 표정이었다.

"그, 그야 뻔한 일 아니겠습니까요? 콩 심은 데서는 콩이 나 고, 팥 심은 데서는 팥이 나는 법이니까요."

원광법사가 미소를 지었다.

"바로 그렇습지요. 그래서 부처님께서는 이 사바세계 중생들 에게 좋은 인연을 맺고, 좋은 인연을 심어서 좋은 과보를 받으 라고 하셨습니다. 콩 심은 데 콩 나고, 팥 심은 데 팥이 나듯이, 좋은 일, 착한 일을 많이 하면 반드시 좋은 과보를 받게 된다 고 말씀입니다."

고개를 끄덕이던 장수가 갑자기 원광법사를 쳐다보며 말했 다.

"아, 예. 스님의 그 말씀을 듣고 보니 생각나는 일이 있사옵니다요, 스님."

"생각나는 일이라니요?"

"썩은 진나라를 무너뜨리고 수나라를 세우신 우리 황제폐하
께서 어쩐 까닭으로 불도를 숭상하고 스님들을 잘 모시는지
거기에는 다 그럴만한 사연이 있습니다요."

원광법사가 궁금하여 물었다.

"대체 어떤 사연이 있으셨는지, 소승 무척 궁금해지는구먼
요."

"예, 그럼 제가 우리 황제폐하의 인과응보 이야기를 자세히
말씀해 드리겠습니다."

진나라를 무너뜨리고 수나라를 일으켜 세운 황제가 불교를
숭상하고 스님 모시기를 극진히 하는 데는 다 그만한 까닭이
있다고 했으니, 원광법사는 그 사연이 무척 궁금하였다.

"자, 그럼 차 한 잔 더 드시고 그 사연을 좀 들려 주시지요."

원광법사가 장수의 잔에 차를 따랐다.

"아이구 이거 고맙습니다요, 스님."

"자, 목부터 축이시고 말씀하십시다."

"예."

원광법사와 장수는 차를 마시고 잔을 내려 놓았다.

"그래, 황제폐하께서는 언제부터 불도를 신봉하게 되셨는지

요?"

"언제부터가 아닙니다요."

"그건 또 무슨…… 말씀이신지요?"

장수가 목소리를 낮추어서 말했다.

"이건 스님이시니 말씀드리는 겁니다만, 이 말을 다른 사람
이 들으면 저는 참수형입니다요."

참수형이라는 말에 원광법사가 깜짝 놀랐다.

"예에? 참수형이라니요?"

장수가 나직하게 말했다.

"스님만 알고 계시라는 말씀입니다요."

"아, 예. 그건 염려 마시고 말씀하십시오. 소승은 처자도 형제
도 없는 수행자이니까요."

장수는 사방을 살피더니 조심스럽게 입을 열었다.

"우리 황제폐하께서 거사하신 후, 철없는 군사들이 관헌에
불을 지르고, 내친 김에 사찰에도 불을 지른 일이 있었습지요."

"아, 예."

"그랬더니 우리 황제폐하께서는 참으로 크게 노하셔서 사찰
에 불을 지른 군사는 물론이요, 장수까지 참형에 처하시는 것
이었습니다요."

원광법사가 혀를 차며 말했다.

"원 저런! 그, 그래서요?"

"거사하시기 수 년 전부터 모셔 오던 제가 어느날 밤에 조심스럽게 여쭈어 보았지요. '그까짓 절간에 불을 질렀다고 해서 군졸이며 장수까지 참형하실 일은 아니시지 않습니까' 하고 말씀입니다요."

"그, 그랬더니요?"

"우리 황제폐하께서는 느닷없이 제 뺨을 후려치시는 것이 아니겠습니까? 그리고는 이렇게 말씀하셨습니다.

'너 이놈! 그까짓 절간이라니? 만일 네놈이 사찰에 불을 질렀다면 나는 네놈도 반드시 참형에 처했을 것이야! 앞으로 어떤 군졸도, 어떤 장수도, 사찰에 불을 지르거나, 승려를 해치는 자는 가차없이 참형에 처할 것이니, 단 한 놈도 살아남지 못할 것이야!'

이렇게 엄명을 내리시는 것이었습지요. 그래서 저는 아무 말씀도 감히 드리지 못한 채 부들부들 떨고만 있었습니다요. 세상에 그렇게 노발대발하시는 모습을 그전에는 단 한 번도 뵌일이 없었거든요."

원광법사는 조용히 두 눈을 감았다.

"…… 나무관세음보살…… 나무관세음보살……."

잠시후 장수가 말을 계속 이었다.

"제가 한참동안 부들부들 떨고 앉아만 있었더니, 우리 폐하
께서는…… 그땐 참, 아직 폐하가 되시기 전이셨습니다만, 느닷
없이 제 양쪽 어깨를 왈칵 틀어잡으시더니만 눈물을 흘리시며
이렇게 말씀하시는 것이었습니다요.

'이것 보아라, 우리 아버지 어머니는 썩은 나라의 탐관오리
들에게 억울하게 맞아서 죽임을 당하고, 나는 올 데 갈 데 없
이 버려진 불쌍한 아이였다. 우리 아버지 어머니를 때려죽인
그 탐관오리는, 그 더러운 권세를 이용해서 집을 일흔다섯 채
나 독차지하고 가난한 백성들에게 세를 놓아 호화방탕한 나날
을 즐기는 치사한 자였다. 그 자는 걸핏하면 세 치도 아니되는
혓바닥을 놀려 나라와 백성을 위한다는 언설을 농하면서, 세
사람의 임금을 아첨으로 녹여 권세와 부귀를 한 몸에 누렸어!
나는 아직 어린 나이로 길바닥에 버려진 불쌍한 아이였지. 그
때, 아무도 거들떠 보아주지도 아니하는 불쌍한 아이를 친자식
처럼 데려다가 먹여주고 입혀주고, 가르침을 베풀고 키워준 분
이 누군줄 아느냐?

나이들어 늙디 늙으신 비구니 스님이셨다. 가난한 암자에 살
던 지선이라는 법명을 가지신 늙으신 비구니 스님이셨어. 그
비구니 스님, 그 스님이 아니셨더라면 나는 이미 굶어 죽고 얼
어 죽고 말았을 것이다. 그런데, 그런데, 감히 내 휘하에 있는

군졸이, 내 휘하에 있는 장수가, 감히 어찌 사찰에 불을 지르고, 감히 어찌 스님들에게 행패를 부린단 말이냐? 너 같으면 그자들을 용서하겠느냐?'

우리 폐하께서는 제 양쪽 어깨를 틀어쥐신채 눈물을 흘리시는 것이었습니다."

원광법사는 두 눈을 지그시 감았다.

"…… 나무관세음보살…… 나무관세음보살……."

잠시 후, 원광법사를 쳐다보며 장수가 다시 말했다.

"오늘밤, 스님의 말씀을 듣고보니, 진나라는 악의 씨앗을 심어 악의 과보를 받았고, 그때 그 비구니 스님은 좋은 씨앗을 심어 좋은 과보를 받게한 것이 아닌가 그런 생각이 들어서 이 말씀을 올린 것입니다요."

원광법사가 고개를 끄덕였다.

"참으로 그렇소이다. 지선 비구니 스님이 심은 좋은 인연으로, 오늘 우리 호구사가 불타지 아니했고, 이 부족한 중이 목숨을 다시 얻었으니, 이 또한 선인선과요, 악인악과가 아니겠소이까?"

수나라 장수가 걱정스런 표정으로 다시 다짐을 받는 것이었다.

"하, 하오나 스님, 오늘밤 드린 이 말씀은 정말이지 스님 혼자만 알고 계셔야 제 목숨이 부지될 것이옵니다요. 예?"

"…… 나무관세음보살…… 나무관세음보살……."

원광스님은 진나라를 무너뜨리고 수나라를 세운 황제가 한 늙은 비구니 스님의 은혜로 양육되었다는 이야기를 전해 듣고, 장차 중국의 불교가 더욱 흥왕할 것이라 생각이 되어 마음 든든하기 그지 없었다.

"오늘밤 황제폐하의 좋은 이야기를 들려주어서 참으로 고맙소이다."

"아, 아니옵니다. 소장에게 오묘한 불법을 가르쳐주셨으니 제가 오히려 감사를 드려야지요."

원광법사가 갑자기 생각난듯 장수에게 물었다.

"그런데 말씀이오, 장군!"

"예."

"장군은 대체 저 많은 군사들을 이끌고 이 깊고깊은 산속에는 어쩌자고 들어오셨소이까? 설마한들 호구산 호구사를 접수하려고 온 것은 아니시겠지요?"

장수가 말도 안된다는듯이 말했다.

"아, 아니옵니다. 호구사를 접수하다니요?"

"허면 대체 어쩐 까닭으로 우리 이 호구사에 들이닥치셨단 말씀이십니까?"

"예, 그동안 백성을 괴롭히며 노략질을 일삼던 진나라 벼슬

아치들을 잡아들이러 왔습니다."

원광법사가 고개를 갸우뚱하며 물었다.

"그자들을 어쩐 까닭으로 호구산에서 찾는단 말이시오?"

"듣자하니 그자들이 이 호구산 산속으로 달아났다 하기에 혹시라도 이 호구사에 은신한 게 아닌가 해서 왔습니다."

가만히 듣고있던 원광법사가 다시 물었다.

"허면 만일 그자들을 붙잡게 되면 장군께서는 대체 그자들을 어찌할 작정이신가요?"

"그야 물론 참수형에 처해야 마땅하겠습지요."

원광법사가 고개를 설레설레 저었다.

"허허 저런, 답답한 일이로구먼……."

장수가 의아해서 물었다.

"그자들을 참수형에 처하는 것을 어찌 답답한 일이라고 하시는지요?"

원광법사가 단호한 목소리로 말했다.

"백성을 능멸하고, 백성을 굶주리게 하고, 백성을 헐벗게 하고, 백성을 추위에 떨게 하면서 노략질을 일삼은 자들이니 마땅히 인과응보가 있어야 할 일이오마는, 그자들 또한 가엾은 중생인지라 목을 베는 일을 옳다고도 할 수 없고, 그르다고도 할 수 없으니 답답하달 밖에요."

장수가 원광스님에게 물었다.

"하오면, 그자들을 어찌 처단하는 것이 좋다는 말씀이신지요?"

"나는 장군도 아니고 판관도 아니니 말할 입장이 아닙니다마는 세상만사 자업자득이요 자작자수라, 제가 지어서 제가 받고, 제 손으로 만들어 제 손으로 받는 법, 세상에 어느 장사가 그 인과법을 거역할 수 있겠소이까?"

잠시 입을 다물고 있던 원광법사가 장수에게 말했다.

"자, 이제 밤이 야심했으니 그만 눈을 좀 붙이도록 하십시다."

수나라 장수가 군사들을 이끌고 산에서 내려간 뒤 원광법사는 홀로 호구사 법당에 앉았다.

원광법사는 빼앗고 빼앗기고, 죽고 죽이는 저 부질없는 중생세계의 괴로움을 다시 한 번 절감하면서 부처님의 가르침을 마음 속에 다시 새겼다.

'이 세상에 영원한 것은 아무것도 없다!

이 세상에 항상 그대로 있는 것은 아무것도 없다!

산도 나무도 물도 꽃도 항상 그대로 있는 것은 아무것도 없다.

이 세상에 있는 모든 것은 잠시도 그대로 있지 아니하고 변하고 부서져서 없어지고 말 것이니, 하늘도 그러하고 땅도 그러하거늘 하물며 사람의 육신이야 더 말해 무엇할 것인가!

어리석은 중생들은 내 땅, 내 재물, 내 집, 내 남편, 내 아내, 내 자식, 내 몸이라고 애지중지하지만, 결국 그것들도 변하고 부서지고 없어지고 말 것이니, 감히 어찌 영원하기를 바랄 것인가!

모든 것은 풀잎 위의 이슬이요, 물 위의 물거품과 같다고 세상을 보아라.

세상을 그렇게 바로 보게 되면 욕심도 미움도 성냄도 원한도 사라질 것이니라.'

원광법사는 고개를 끄덕이며 혼자 말했다.

"그렇사옵니다, 부처님이시여! 그렇사옵니다, 부처님이시여! 하오나 부처님이시여, 어찌하여 이 사바 세계 중생들은 이다지도 어리석어서 속고 속이고, 뺏고 빼앗기며, 죽고 죽이고, 미워하고 한을 품는 저 끝없는 괴로움의 바다에서 헤메이고 있사옵니까?"

원광법사의 귀에 다시 부처님의 음성이 들려왔다.

'집착을 버리지 못한 데서 모든 괴로움이 생겨나나니, 나고 죽고 늙고 병드는 괴로움이 모두 이 집착에서 생긴 괴로움이요, 원수를 만나고 사랑하는 사람과 헤어지는 괴로움이 또한 집착 때문에 생겨난 괴로움이요, 구하는 것을 얻지 못하는 괴로움, 오욕으로 된 이 육신의 괴로움도 또한 집착에서 비롯되었나니, 집착을 버리면 괴로움 또한 사라질 것이니라.'

원광법사가 다시 말했다.

"하오나 부처님이시여, 어리석은 중생들이 대체 어찌하면 저 집착에서 벗어날 수 있겠나이까?"

"이 세상 어떤 중생이라도 지혜의 눈을 뜨면 집착에서 자연히 벗어나게 될 것이다."

"하오면 부처님이시여, 대체 이 어리석은 중생들이 어떻게 하면 지혜의 눈을 얻을 수 있겠나이까?"

"이 세상 어떤 중생이든 지혜의 눈을 얻고자 할진댄 반드시 여덟 가지 행을 닦아야 할 것이니, 온 마음을 다 기울여 여래의 가르침을 들어야 할 것이요, 애욕을 버려 갈등을 없애야 할 것이요, 살생과 도둑질과 음행을 저지르지 말 것이며, 속이고 아첨하고 나쁜 말을 하지 말 것이며, 질투하고 욕심내지 말 것이요, 모든 것은 무상이요 괴로움이요 무아임을 생각하고, 이 육신은 허망하고 더럽고 냄새나는 것임을 늘 생각할 것이며

이 육신은 머지 않아 한 줌의 흙으로 돌아간다는 것을 늘 생각
하면 머지않아 지혜의 눈을 뜨게 될 것이니라."

10
굶어죽지 않을 만큼만 먹어라

진나라가 완전히 망하고 수나라 문제가 중국을 통일하자 호구산 호구사에는 다시 승려들이 모여들어 원광법사의 법문 듣기를 간청하게 되었다.

그러나 호구사에 너무 많은 승려들이 모여든 까닭에 난리를 겪은 사찰의 재정 형편이 넉넉치를 못했다.

그래서 모여든 승려들에게 음식을 제대로 먹일 수가 없었다.

하루는 젊은 승려가 원광법사를 찾았다.

"스님, 스님."

"무슨 일이던고?"

"예, 스님께서 대중방으로 납시어야 할 것 같사옵니다."

원광법사가 젊은 승려를 쳐다보며 물었다.

"대중방에서 대체 무슨 일이라도 일어났다는 게냐?"

젊은 승려는 잠시 머뭇거리다가 기어들어가는 목소리로 말했다.

"말씀드리기 죄송하오나 대중들이 모두 모여서 대중공사를 벌이고 있사옵니다요."

"대중공사라니?"

젊은 승려가 원광법사의 안색을 살피며 조심스럽게 말했다.

"하루에 한 끼, 그것도 죽 한 그릇으로는 도저히 더 이상 견딜 수 없다 하여 대중 공사를 벌이고 있는 줄로 아옵니다."

원광법사의 목소리가 커졌다.

"죽 한 끼로는 견딜 수 없다 하여 대중공사를 벌이고 있다고?"

젊은 승려가 기어들어가는 목소리로 겨우 대답했다.

"그, 그렇사옵니다요 스님."

"틀림 없느냐?"

"예."

원광법사가 혀를 끌끌 찼다.

"허허, 세상이 대체 어찌 되려고 출가 수행자들이 자신의 본분을 잊는단 말이던고……"

젊은 승려가 한 마디 했다.

"그, 글쎄올습니다요. 그러니 스님께서 납시어 크게 꾸짖어

주시는 게 좋을 듯 합니다요."

"…… 알았다, 어서 앞장 서거라."

원광법사는 대중들이 모여 있는 대중방으로 들어섰다.

대중방은 대중들이 와글거리는 소리로 정신이 없었다.

원광법사는 대중들이 모여 있는 법상 앞으로 나가서 주장자를 높이 치켜들고는 내리쳤다.

시끌벅적하던 대중방이 삽시간에 조용해졌다.

원광법사가 입을 열었다.

"그대들은 지금 대중공사를 벌이고 있는가?"

대중이 일제히 대답했다.

"예."

"대체 무슨 대중공사이던고?"

한 승려가 대답했다.

"하루에 죽 한 그릇 먹고는 살 수가 없으니 그래서 대중공사를 벌이고 있는 것이지요."

원광법사가 대중들을 돌아보며 물었다.

"여러 대중들은 다들 그러한가?"

"그렇습니다."

대중들이 대답하자 원광법사가 다시 주장자를 내리쳤다.

"여러 대중들이 하루에 죽 한 끼로 견디는 것이 어려운 일이

라는 점을 어찌 누가 모르겠는가! 더더구나 지금 우리 호구사
에 모여든 대중들은 젊은 대중이 많으니 돌을 삼킨들 돌아서
면 배가 고플 나이라는 것을 내가 어찌 모르겠는가?"

대중들이 다시 와글거리기 시작했다.

원광법사가 다시 주장자를 내리쳤다.

"여기 모인 그대들 대중들은 모두가 부처님 제자가 되겠다고
스스로 작심하고 삭발 출가한 수행자들이야!

이 많은 대중들 가운데 삭발 출가할 것을 나라에서 강요받아
서 온 사람이 있는가?"

원광법사가 대중들을 보았으나 아무도 대답하지 않았다.

"그러면 삭발 출가하기를 부모가 강요해서 온 사람이 있는
가?"

역시 아무도 대답하지 않았다.

"아무도 없는 것을 보면 모두가 제가 좋아서 제 발로 걸어온
사람들이야. 그러면 사나이 대장부가 저 좋아서 부처님 제자가
되겠다고 제 발로 들어와서, 삭발 출가하기를 간절히 원하고
원해서, 모두들 이 자리에 왔을 것이야.

그러면 오늘 이 대중방에 모인 여러 대중들에게 부처님께서
는 과연 무슨 말씀을 당부하셨는지, 여러 대중들은 지극 정성
으로 들어야 마땅할 것이야.

부처님께서 여러 대중들에게 이렇게 이르셨어.

'여러 비구들아! 음식을 받았을 적에는 마치 약을 먹듯이 하고, 좋고 나쁜 것을 가려 생각을 하지 마라!
음식은 굶주려 죽지 않을 만큼만 먹도록 할 것이며, 많은 음식을 바라지 말고, 맛있는 음식을 바라지 마라!
배불리 먹고 맛있는 음식을 먹기를 바란다면, 그대들은 내 제자가 아니라 도적떼이니라!'"

이렇게 부처님의 말씀을 들려준 원광법사는 다시 주장자를 내리쳤다.
"부처님께서는 분명 그대들에게 이렇게 당부하셨거늘 감히 어느 누가 배불리 먹기를 바라고, 맛있는 음식 먹기를 바라고 있는고?"
그러자 한 승려가 말했다.
"아니옵니다요, 스님. 저희 대중들이 감히 어찌 배불리 먹고 맛있는 음식 먹기를 바라겠습니까요?"
"허면, 대체 오늘 대중공사는 무슨 대중공사란 말이던고?"
"하루에 죽 한 그릇으로는 수행도 아니되고 공부도 아니되기로, 그래서 대중공사를 했던 것이옵니다."

승려의 대답에 원광법사가 따지듯 물었다.

"허면, 그대들이 대중공사를 해서 저 산천초목을 곡식으로 만들기로 했는가? 아니면 그대들이 대중공사를 해서 저 개울에 흐르는 물을 곡식으로 만들기로 했는가? 그것도 아니라면, 그대들은 과연 저 개울 바닥에 있는 저 돌자갈들을 삶아 먹기로 했단 말이던가? 그대들은 과연 지금 저 산 아래 고해중생들이 어떻게 살아가고 있는지 제대로 알고나 있는가? 그대들이 하루에 한 번 죽을 먹고 있을 적에 저 산 아래 고해중생들은 풀을 뜯어 먹고, 나무 껍질을 삶아 먹고, 풀뿌리를 파서 먹으며 연명하고 있거늘, 감히 어찌 출가 수행자가 배불리 먹기를 바라며, 맛있는 음식을 먹기를 바란단 말이던가! 다시 한 번 부처님 말씀을 이르거니와 나라의 녹을 먹는 자가 백성을 굶기면서 제 뱃속을 채우면 더러운 도적이요, 출가 수행자가 백성이 굶을 적에 배불리 먹으면 치사한 도적이니라!"

말을 마친 원광법사가 주장자를 내리쳤다.

대중들은 아무런 말도 못하고 그저 바닥만을 내려다 볼 뿐이었다.

원광법사가 이렇게 준엄하게 꾸짖었으니, 수많은 대중들 가운데 어느 누구도 감히 입을 여는 자가 없었다.

원광법사가 주장자를 한 번 높이 들었다가 놓으면서 다시 말했다.

"여러 대중들은 명심해서 들어야 할 것이니, 나라가 태평하고 백성들이 편안하려면 국록을 먹는 자가 청빈하게 살아야 할 것이요, 나라의 국록을 먹는 자들이 너도나도 사리사욕을 채우고 호화방탕하면 거기에는 반드시 나라가 어지럽고 백성들이 헐벗고 굶주리게 되는 법이니라. 산 아래 세속의 일도 이러하거니와 부모형제의 인연을 끊고, 부귀영화 보기를 풀잎의 이슬로 보아야만 할 출가 수행자가 감히 어찌 백성이 헐벗고 있는데 옷 잘 입기를 바랄 것이며, 백성이 초근목피로 연명하고 있는 터에 감히 무슨 염치로 배불리 먹기를 바랄 것인가! 그대들은 마땅히 부처님의 말씀을 다시 한 번 마음 깊이 새겨야 할 것이니라. 부처님은 이렇게 당부하셨다.

'삭발 출가 득도하여 나의 제자가 된 그대들은 마땅히 알라! 옷은 한 벌이면 족할 것이요, 밥 그릇은 하나면 족할 것이며, 금전이나 은전이나 재물을 가지지 말라! 지혜를 소중히 여기고 선을 좋아하여 위험과 재난을 물리치라. 덥고 춥고 불편한 곳에 눕더라도 그 고통은 참고 견뎌야 할 것이니, 나는 무엇을 먹을까? 나는 어디서 먹을까? 나는 어젯밤 잠을 못잤다, 나는 오늘밤 어디서 편히 잘까, 집을 버리고 불도를 닦는 사람들은 이러한 근심 걱정에서 벗어나야 하느니라.

적당한 때에 음식과 옷을 얻고, 이 세상에서 가장 적은 양으로 만족하기 위해 옷과 음식의 양을 줄여라. 도를 닦는 사람은 옷과 음식의 욕심을 떠난 사람, 마을을 지날 적에는 조심할 것이며 설사 누가 욕을 하더라도 나쁜 말로 대꾸하지 말라. 눈을 아래로 뜨고 여기저기 기웃거리지 말 것이며, 일심으로 법을 생각하고 똑똑히 깨어 있어라. 마음을 고요히 하고 정신의 안정을 유지해서 분별과 욕망과 회한을 끊어 버려라.

세상에는 다섯 가지 티끌이 있으니, 주의 깊은 사람은 그것을 억제하는 것을 배워야 하나니, 다섯 가지 티끌, 곧 빛깔, 소리, 냄새, 맛, 감촉, 이 다섯 가지 탐욕에서 벗어나라.'"

원광법사는 부처님의 말씀을 전하고 나서 방 안에 가득한 대중들을 둘러보았다.

조금전까지만 해도 하루에 죽 한 그릇으로는 더 이상 못살겠다고 원망하는 빛이 역력했던 대중들의 얼굴에는 어느덧 조용한 참회의 빛이 깃들어 있었다.

원광법사가 조용하고 포근한 목소리로 말했다.

"여러 대중들은 이 점을 결코 잊어서는 아니될 것이다. 우리 부처님께서는 왕의 자리도 미련없이 버리시고, 사랑하는 아내와 자식도 버리시고, 부귀영화도 다 버리신 채 6년 고행 끝에 깨달음을 얻으셨다.

그리고 우리 부처님께서는 깨달음을 얻어 부처가 되신 후, 하루에 한 끼, 그것도 남들이 밥을 먹고 난 뒤에야 식은 밥 한 숟갈을 얻기 위해 매일 아침 열 집에 들러 밥을 빌어 자셨다.

그리고 또 그대들은 마땅히 알아야 할 것이니, 우리 부처님께서는 사십오 년간 설법을 다니시면서도 나무 밑에서 주무시고 헛간에서 주무시고, 팔십 고령으로 열반에 드실 적에도 사라나무 밑에 자리를 깔고 땅바닥 위에서 열반하셨다.

그런데, 그분의 제자인 우리 수행자들이 감히 어찌 하루에 두 끼 세 끼 먹기를 바랄 것이며 감히 어찌 편한 잠자리를 바랄 수 있을 것인가?"

원광법사가 말을 마치자 한 승려가 말했다.

"스님이시여, 진심으로 참회하옵나니 용서하여 주십시오."

원광법사가 그 승려에게 물었다.

"그대는 참으로 참회하고 있는가?"

승려는 고개를 깊이 숙이며 대답했다.

"그렇사옵니다. 진심으로, 진심으로 참회하옵니다."

원광법사가 방 안의 대중들을 둘러보았다.

"그러면 여기 모인 여러 대중들도 다들 그러한가?"

모두들 한 목소리로 대답하였다.

"예. 참회하오니 용서하여 주십시오."

원광법사가 다시 물었다.

"여기 모인 여러 대중들은 다들 그러한가?"

"예. 참회하오니 용서하여 주십시오."

잠시 후에 원광법사가 대중들을 쳐다보며 다시 물었다.

"여기 모인 대중들은 다들 그러한가?"

"예-. 참회하오니 용서하여 주십시오."

원광법사는 주장자를 들어 세 번 내리친 후 명했다.

"자, 그럼 모두들 소임대로 돌아들 가거라."

세 번 묻고 세 번을 답하여 단단히 다짐한 뒤, 말없이 흩어지는 호구사 대중들의 얼굴은 어느새 부처님 얼굴처럼 편안한 얼굴이 되어 있었다.

진나라를 무너뜨리고 수나라를 튼튼히 하여 중국천하를 통일한 수나라 문제는 어렸을 적에 늙으신 비구니 스님에 의해 양육된 은혜를 갚고자 지극 정성으로 부처님을 신봉하고 불교를 중흥시켜 나라를 다스리고 백성을 보살피는 근본 이념을 삼고자 거국적인 불교 중흥 정책을 펴기 시작했다.

그래서 수나라 문제는 옛 진나라의 서울 금릉 지방을 중심으로 왕성했던 불교의 열반종과 성실종, 삼론종, 그리고 중국 대륙 북쪽에서 번성했던 지론종 등 남북의 여러 종파와 학파를 잘 통합해서 중국 불교의 새로운 융성과 발전을 도모했다.

그러던 어느 여름이었다.

뻐꾸기가 시원스레 울어대고 있었다.

세상에 나갔던 승려가 돌아와 원광법사를 찾았다.

"스님, 소승 문안드리옵니다."

"어, 그대가 언제 돌아왔던고?"

승려는 얼굴에 흐르는 땀방울을 손바닥으로 문지르며 대답했다.

"예, 방금 돌아오는 길이옵니다."

원광법사의 얼굴에 반가움이 역력했다.

"그래, 그래. 한 바퀴 돌아보니 세상은 과연 어찌 되어 가던고?"

"예, 이제 나라의 기틀도 제대로 잡혀가고 백성들의 살림 형편도 나아져 가고 있는 게 역력했사옵니다."

원광법사의 얼굴이 환해졌다.

"그래, 그래. 그것 참 천만 다행이로구먼. 부처님께서도 이르시기를 국록을 먹는 자들이 청빈하지 아니하고 가렴주구를 일삼으면 그 폐해는 가히 호랑이 보다도 더 무섭다고 그러셨으니, 이 세상에 다시는 그런 일이 없어야 할 터인데……."

승려가 숨을 내쉬며 말했다.

"그동안 노략질하던 벼슬아치들은 말끔히 다 소탕이 되었다고 하니 설마한들 그런 자들이 또 나오지야 아니하겠지요."

원광법사가 고개를 끄덕였다.

"그대들이 부지런히 도를 닦아서 저 어리석은 중생들을 남김없이 깨우쳐 주어야 그런 잘못이 없어질 것이야."

승려가 대답했다.

"예 스님, 명심하고 있사옵니다."

산 속에서 뻐꾸기 우는 소리가 들려왔다.

원광법사가 승려를 쳐다보며 말을 이었다.

"그대, 저 뻐꾸기 소리가 들리시는가?"

"예, 스님. 잘 듣고 있사옵니다."

"그전에는 저 뻐꾸기 소리가 배고파 우는 백성들 신음 소리로 들리더니만, 오늘에야 저 뻐꾸기가 제 소리를 찾은 것 같네."

원광법사의 말에 승려는 마치 뻐꾸기가 눈에 보이는 듯 산쪽을 쳐다보았다.

"…… 아, 예. 소승의 귀에도 그런 것 같사옵니다요. 저 그런데 스님."

갑자기 생각난 것이 있는지 승려가 원광법사를 불렀다.

"그래, 무슨 말이시던가?"

"듣자하니 스님께서는 아직도 아침에 죽 한 숟갈만 드신다고 하던데, 어쩌자고 아직까지 그러시옵니까?"

원광법사가 대수롭지 않다는 듯 대답했다.

"하는 일 없이 불도만 닦는 중이 아침에 죽으로 곡기만 하면 되었지, 그게 무엇이 어떻다는 말이던가?"

"그래도 그렇지요, 스님. 스님께서 그렇게 겨우 곡기만 하고 계시니 다른 대중들이 배고파 견디다 못해 떠나고 있다고 하옵니다요."

승려의 말에 원광법사가 못마땅한듯 혀를 찼다.

"이 사람아, 내가 그동안 기회가 있을 때마다 수없이 전하고 전했네마는, 부처님께서는 우리 중생들에게 간곡히 당부하셨어. 부끄러워 할 줄 알라고 말씀이야.

'어리석은 중생들아, 부끄러워 할 줄 알아라! 부끄러워 할 줄만 알면 법답지 못한 짓은 아니하게 될 것이니, 부끄러워 하는, 바로 그 마음이 지혜의 씨앗이니라. 언제 어디서나 늘 부끄러워 하는 마음을 지녀 매사를 살피면 선근을 심고 공덕을 쌓아 복받는 사람이 될 것이요, 부끄러워 할 줄 모르고 오욕이 시키는 대로만 끌려가면 결국은 온갖 죄악을 짓게 되나니 이것은 곧 지옥에 이르는 길이다. 그래서 나는 다시 한 번 이르거니와 부끄러워 할 줄 아는 자는 사람다운 사람이지만, 부끄러워 할 줄 모르는 자는 짐승과 다를 바가 조금도 없느니라.'"

듣고 있던 승려가 원광법사에게 물었다.

"하오면 스님, 부끄러워 할 줄 알라는 말씀은 대체 무엇을 어찌 살피라는 말씀이시온지요?"

잠시 뻐꾸기 우는 소리를 귀 기울여 듣던 원광법사가 대답했다.

"물 한 잔을 마실 적에도, 저 뻐꾸기 소리를 들을 적에도, 스스로를 살펴야 할 것이니, 나는 과연 저 뻐꾸기 소리를 들을 자격이 있는가, 나는 과연 이 물 한 잔을 마실 자격이 있는가, 스스로 물어보고, 스스로 따져서 한 점이라도 부끄러운 점이 있으면 부끄러워 하고 참회하라는 말씀이야."

가만히 승려를 쳐다보던 원광법사가 승려를 불렀다.

"이것 보게나."

"예, 스님."

"이 세상 모든 중생들이 부처님 말씀 그대로 언제 어디서나 늘 부끄러워 하는 마음을 지니고만 있다면, 과연 이 세상은 어찌 되겠는가?"

"…… 아 예. 그건……"

갑자기 원광법사가 질문을 던지자 승려는 우물쭈물 대답을 못했다.

"국록을 먹는 자는 황제와 만 백성에게 부끄러운 일이 한 점
도 없는가, 남편은 아내에게, 아내는 남편에게, 단 한 점도 부
끄러운 점이 없는가, 주인은 하인에게, 하인은 주인에게, 단 한
가지도 부끄러운 일이 없는가, 윗사람은 아랫사람에게, 아랫사
람은 윗사람에게, 참으로 부끄러운 일은 한 가지도 없는가, 이
세상 모든 중생들이 늘 이렇게 스스로 살피고 스스로 참회하
고 몸가짐을 단정히 한다면, 욕심 내고 미워하고, 속이고, 훔치
고, 원망하고 죽이고 이런 어리석은 짓은 사라지게 될 것이야.
그래서 부처님은 당부하신 게야. 제발, 제발, 부끄러워 할 줄
알라고 말씀이야."

11
근심 걱정 번뇌 망상을 몰아내시오

　중국 땅 소주의 호구산 호구사에 머물던 원광법사는 스님의 법문을 듣고자 몰려드는 중국 승려들과 신도들을 단 한 번도 귀찮다 여기지 않고 감로수와도 같은 자비로운 법문을 차별없이 들려주었다.

　그러므로 이제 원광법사 하면 그 법명이 온 중국 불교계에 널리 알려지게 되었다.

　하루는 객승이 찾아들었다.

　"장안 흥국사에서 온 객승, 문안 올리옵니다."

　원광법사가 반갑게 맞았다.

　"어서 오십시오."

　객승이 절을 한 번 하고 또 하려 하자 원광법사가 이를 말렸다.

"아, 아, 절은 한 번만 나누면 되옵니다."

객승이 어정쩡한 자세로 서서 말했다.

"소승이 배우기로는 큰스님께는 반드시 절을 세 번 올려야 한다고 하였거늘, 스님께서는 어찌해서 절을 한 번만 하라 하시는지요?"

"허허허, 삼배는 부처님께나 올리는 것이지, 큰 절을 세 번씩이나 받을만한 자격이 없으니까 드리는 말씀이지요. 헌데 방금 어느 사찰에서 오셨다고 말씀하셨는지요?"

"예, 장안에 있는 홍국사에서 왔사옵니다."

원광법사는 고개를 갸우뚱하였다.

"…… 홍국사라면 들어보지 못한 사찰 같은데……."

객승이 가볍게 웃으며 말했다.

"그러실 것이옵니다요. 근자에 절 이름을 새로 고쳤으니까요."

"아, 예. 그러면?"

"장안성 한복판에 있던 척점사는 들어보셨는지요?"

원광법사가 고개를 끄덕이며 말했다.

"아, 예. 알고 있습니다."

"바로 그 척점사를 홍국사로 개명했습니다."

원광법사가 다시 물었다.

"옛부터 있던 절 이름을 새로 바꾸었다면 거기에는 필시 곡절이 있을 것인데?"

객승이 대답했다.

"문제폐하께서 나라를 다스리는 근본 이념을 부처님의 가르침으로 정하시고 서울인 장안 한복판에 서 있던 척점사를 흥국사로 개명시키셨습니다."

원광법사가 알겠다는 듯이 고개를 끄덕였다.

"아, 예."

원광법사가 관심있게 듣자 객승은 다시 말을 이었다.

"그 뿐만 아니라 문제폐하께서는 지방의 주마다 나라에서 운영하는 흥국사를 세워 같은 이름의 흥국사가 도처에 자리잡게 되었습니다."

"허면 서울 장안의 흥국사, 그리고 지방 곳곳의 흥국사에서는 무슨 일을 하게 한다는 말씀이신지요?"

원광법사가 다시 묻자 객승이 자세히 설명하였다.

"예. 위국위민하는 부처님 가르침을 깊이 연구하고 널리 펴서 상하가 부처님의 가르침대로 살게 하자는 데에 그 뜻이 있다 하옵니다요."

"허 그래요? 허면 지금 장안성 흥국사에서는 어떤 일을 하고 있는지요?"

　　원광법사의 물음에 갑자기 객승이 눈살을 찌푸리며 말했다.

　　"예, 그 뭐 담천이라나 뭐라나 하는 중을 모셔다 놓고 섭대승론이라나 뭐라나 하는 골치 아픈 강설을 펴고 있습지요마는 그 꼴 보기 싫어서 이렇게 호구산으로 들어오고 말았습니다요."

　　원광법사가 끌끌 혀를 찼다.

　　"허허, 저런!"

　　객승은 의아한 표정이 되었다.

　　"아니 어찌 그러시옵니까요?"

　　"평생에 한 번 만나 뵐까 말까한 큰 스승을 눈 앞에 두시고도 적막한 이 호구산으로 들어오셨으니 스님께서는 참으로 길을 잘못 드셨소이다."

　　객승이 믿어지지 않는다는 듯이 다시 물었다.

　　"예에? 아니 그 담천이라나 뭐라나 하는 그 중이 정말 그렇게도 유명한 중이란 말씀이십니까요?"

　　원광법사가 객승을 똑바로 쳐다보며 말했다.

　　"이것 보십시오. 출가 득도해서 불도를 닦는 승려 사이에 유명하고 아니하고가 무슨 상관이 있겠소이까마는, 소승의 말은 그 담천대사야말로 경학에 으뜸이시고 학문의 깊이가 감히 어느 누구도 따를 사람이 없으니 평생에 한 번 만나뵐 수 있을까 말까한 큰 스승이라는 말씀이지요."

객승은 도저히 믿어지지 않는다는 표정이었다.

"그, 그러면 그 담천이 그렇게나 공부를 많이 했다는 말씀이 십니까요?"

수나라 서울 장안성 한복판에 자리잡고 있는 흥국사에서 당대 불교 경학의 제일인자인 담천대사를 모셔다가 섭대승론 강좌를 열었다는 객승의 말을 들은 원광법사는 그 다음날 느닷없이 대중들을 한 자리에 모이게 했다.

원광법사는 주장자를 세 번 내리친 다음 입을 열었다.

"오늘 여러 대중들을 한 자리에 모이게 한 것은 하는 일 없이 곡식만 축내고 있던 이 보잘것 없는 중이 오늘로 여러 대중들에게 작별을 고하려고 그러는 것이오."

작별이라는 말에 대중들이 웅성거리기 시작했다.

원광법사가 다시 주장자를 내리쳤다.

웅성거리던 대중들이 원광법사를 쳐다보았다.

"내가 마지막으로 여러 대중들에게 당부드릴 말씀이 있으니, 잘 들으시오. 우리 어리석은 중생들의 마음 가운데 오만 가지 근심 걱정과 번뇌 망상이 가득하니, 바로 이 근심 걱정과 번뇌 망상은 우리들이 잠을 자야할 방에 무서운 독사가 들어와 혀를 날름거리고 있는 격이라 하겠소이다. 방 안에 독사가 들어와 무서운 혀를 날름거리고 있는데 감히 어느 누가 편한 잠을 잘 수가 있을 것인가! 누구든 잠을 편안히 자려면 우선 방 안에 들어와 있는 독사부터 방 밖으로 몰아내야 할 것이니, 마음속에 일고 있는 온갖 근심 걱정 번뇌 망상을 몰아낸 다음에야 우리는 단 하루라도 편안한 인생을 살 수가 있을 것이오. 부지런히 도를 닦아 근심 걱정 번뇌 망상을 하루빨리 몰아들 내시오! 이것이 소승의 마지막 당부요."

말을 마친 원광법사가 다시 주장자를 내리쳤다.

한 승려가 물었다.

"하오면 스님께서는 대체 어디로 가시겠다는 말씀이십니까요?"

"수나라 서울 장안의 홍국사로 가서 천하 제일의 담천대사 문하생이 되어 부처님의 가르침을 공부할 것이오."

원광법사는 걸망을 챙겨 짊어지고 먼길을 떠나기 위해 호구사를 떠나게 되었다.

제자들이 뒤따라 오며 원광법사를 불렀다.

"스니임, 스니임, 스님."

원광법사가 뒤돌아 보았다.

"어찌 이러시는가?"

"참으로 스님께서는 장안으로 가실 작정이시옵니까요?"

원광법사가 고개를 끄덕였다.

"장안 흥국사에 담천대사가 머물고 계신다 하니 찾아가 뵙고 가르침을 받을까 하네."

제자의 얼굴이 야릇하게 변했다.

"가르침을 받으시다니요? 듣자하니 그 담천대사는 스님과 동년배라고 그러던데요."

원광법사의 얼굴에 미소가 감돌았다.

"그러니까 나이가 서로 비슷한 터에 체면상 어찌 가르침을 받을 수 있겠느냐, 그런 말씀이던가?"

"사실이 그렇지 뭐겠습니까요? 아, 이 호구산 일대에서 원광 법사님이다 하면 산천초목도 다 알아모시는 큰스님이신데 새 삼스럽게 이제 뭘 또 배우시겠다고 같은 연배이신 담천스님을 찾아가신단 말씀이십니까요?"

원광법사는 얼굴에서 웃음을 거두고 정색을 하며 말했다.

"이것 보시게. 법을 구하고 불도를 닦는 데 나이가 무슨 상관 이며, 배우고 가르치는 데 어찌 노소를 가릴 것인가?"

그래도 물러서지 않고 제자가 퉁명스런 목소리로 말하는 것 이었다.

"하오나 스님, 여기서 장안이 어디 이, 삼십 리 길이옵니까요?"

"이백 리 삼백 리가 아니라, 이천 리 삼천 리 길이라도 큰스승이 계신다 하면 찾아뵙는 법, 내 어찌 장안이 멀다 하여 큰스승을 찾지 아니 하겠는가! 나는 이 길로 호구사를 떠날 것이니 절이나 잘 지키고 있으시게나!"

원광법사는 그길로 호구사를 떠나 발길을 북쪽으로 돌려 수나라의 새 서울 장안으로 향했다.

요즘 세상같으면야 수십만 리 떨어진 나라도 비행기로 몇 시간이면 훌쩍 날아갈 수 있으니 별 문제가 없지만, 그 시대에 원광법사가 소주 땅 호구사에서 장안까지 가는 데는 오직 걸어가는 방법밖에는 없었다.

원광법사는 실로 몇 달 동안을 걷고 걸어서 드디어 수나라의 새 서울 장안성에 당도하였다.

원광법사는 제일 먼저 흥국사를 찾아들었다.

경내에는 풍경 소리만이 은은하게 울리고 있었다.

"객승, 문안드리옵니다. …… 객승 문안드리옵니다."

잠시 후 문이 열리며 한 승려가 고개를 내밀었다.

"어디서 오신 뉘신지요?"

원광법사가 합장을 하며 말했다.

"아, 예. 소승은 소주 땅 호구산 호구사에서 살다 온 원광이
라 하옵니다."

원광법사를 위 아래로 살피며 승려가 물었다.

"지나가시는 길이시옵니까, 아니면 누굴 찾아오셨습니까?"

"아, 예. 소승은 이 흥국사에 계신다는 담천대사를 만나뵙고
자 이렇게 찾아왔습니다만……"

"담천대사를 만나러 오셨다구요?"

원광법사가 얼른 대답했다.

"예, 그렇사옵니다."

"담천대사께서는 이미 이 흥국사를 떠나셨소이다."

담천대사가 흥국사를 떠났다는 말에 원광법사는 온몸의 힘이
한꺼번에 빠져나가는 것 같았다.

"예에? 아니 그러면 담천대사께서는 지금 어디에 주석하고
계시는지요?"

흥국사 승려는 고개를 갸웃거리며 말했다.

"글쎄올습니다요. 저기 저, 산 밑에 있는 흥선사에 계실런지,
흥양사에 계실런지, 아무튼 저기 저 산 밑에 있는 흥선사부터
한 번 가보도록 하시지요."

"아, 예. 그렇게 하도록 하겠습니다."

원광법사는 흥국사 승려가 가르쳐준 대로 장안성을 벗어나

산 속에 자리잡고 있는 흥선사를 찾아갔다.

흥선사 절 마당으로 올라가자니 절 마당을 옆에 끼고 맑은 개울물이 줄기차게 흘러내리고 있었다.

끝없이 울어대는 매미 소리와 어우러져 개울물 흐르는 소리가 한결 시원하게 느껴졌다.

그런데 웬 늙수그레한 스님 한 분이 그 개울물에 발을 담근 채 물장난을 치고 있었다.

원광법사는 발걸음을 멈추고 물었다.

"객승 문안드리옵니다."

노승이 고개를 들어 원광법사를 쳐다보았다.

"아, 예. 헌데 어디서 오셨소이까?"

"예. 소승은 호구산 호구사에서 왔사온데……"

노승은 여전히 물장난을 치면서 말했다.

"멀리서 오셨구면. 헌데 이 장안성에는 무슨 일로 오셨고, 또이 흥선사는 어쩐 일로 찾아 오셨소이까?"

"아, 예. 이 흥선사에 오면 담천대사님을 뵈올수 있을까 하여, 그래서 찾아왔습니다만……"

장난기 어린 눈을 하고 노승이 물었다.

"담천이는 만나서 무얼 하시려구?"

원광법사가 공손하게 대답했다.

"아, 예. 가르침을 좀 받을까 해서 찾아뵙는 중이옵니다."

그러자 갑자기 노승이 소리쳤다.

"에이끼, 여보슈!"

"예에?"

원광법사가 놀라 눈을 동그랗게 떴다.

"소주 땅 호구산 호구사에서 왔다고 그러셨지?"

"예."

노승이 원광법사를 흘겨보며 말했다.

"듣자하니 호구산 호구사에는 신라에서 건너온 원광법사가 계신다 하던데, 가르침을 받으려면 그분한테 받을 것이지 장안에는 왜 왔단 말이오?"

원광법사는 당황하여 말을 더듬었다.

"아, 아, 아니옵니다요. 호구사 원광은 소문만 그리 났을 뿐 큰 가르침을 내릴만한 그릇이 되지 못하옵니다."

노승이 소리를 높여 말했다.

"에이끼, 이런! 인연없는 중생은 손에 꽉 쥐어주어도 모른다고 하더니만 당신이 바로 그 꼴이구먼 그래! 그분의 학덕이 호구산보다도 더 높다는 것을 내 이미 들어서 알고 있거늘 가르침을 내릴만한 그릇이 아니라니!"

"말씀드리기 죄송하옵니다마는……."

 그러나 노승은 원광법사의 말을 더 이상 들으려고도 하지 않았다.

 "듣기 싫소! 당신이 만나려고 왔다는 그 담천이라는 중이야 말로 한 번 만나볼 가치도 없는 그런 엉터리 중이니 어서 돌아가는 게 좋을 것이오!"

 원광법사가 따지듯이 물었다.

 "아니 이것 보십시오, 스님. 스님께서는 대체 뉘시기에 담천대사를 이토록 폄하하신단 말씀이십니까?"

 노승이 답답하다는 듯 원광법사를 쳐다보았다.

 "허허, 이 사람 참 말귀도 어둡네. 그 담천이란 자는 엉터리 중이니 당장 돌아가란 말이오!"

 흐르는 개울물에 두 발을 담근 채 물장난을 치고 있던 늙수그레한 스님은 다짜고짜 담천대사를 형편없는 엉터리 중이라 비방하면서 그런 중은 만나볼 가치도 없으니 어서 돌아가라고 손을 내젓는 것이었다.

 원광법사는 참으로 어이가 없었다.

 원광법사가 조심스럽게 다시 물었다.

 "재차 말씀드리기 죄송합니다마는, 대체 스님께서는 어쩐 까닭으로 담천대사를 그토록 비방하시는지요?"

 노승은 별 일을 다 보겠다는 표정이었다.

"비방은 무슨 비방이며, 폄하는 또 무슨 폄하! 아무튼 그 담천이라는 자는 일면식할 가치도 없는 중이니 그리 알고 돌아가시는 게 좋을 것이오."

원광법사는 난감해서 어쩔 줄을 몰랐다.

"허허, 이런 참……."

노승이 혀를 끌끌 차며 말했다.

"이봐요, 먼 길을 와서 고단할 터이니 이 시원한 개울물에 발이나 씻고 가도록 하시오. 어이구, 시원하다. 어이구, 시원하다."

원광법사는 할 말을 잊고 멍하니 있다가 잠시 후 입을 열었다.

"아니 이것 보십시오, 스님."

"왜? 왜 그러시오, 그래?"

"한 가지만 다시 여쭙겠습니다."

"말해 보시게"

"도대체 이 홍선사에 담천대사님께서 머물고 계시긴 하시옵니까요?"

"하하, 이 사람 참 말귀가 어둡구먼 그래! 글쎄 그 담천이라는 자는 만나볼 것도 없으니 그냥 발이나 씻고 가란 말씀이야!"

원광법사는 기가 막혔다.

"대체 스님께서는 그 담천대사님과 어떤 사이이시기에 말씀을 그렇게 함부로 하십니까?"

그말에 노승이 통쾌하게 웃으며 말했다.

"하하하, 나 원 참! 별 걸 다 트집이시네. 이것 보시오, 그 담천이라는 자가 바로 나요! 나!"

원광법사는 깜짝 놀라서 노승을 쳐다보았다.

"예에? 아니 하오시면 스님께서 바로 담천대사님이시란 말씀이시옵니까요?"

노승이 겸연쩍게 웃었다.

"대사는 무슨 대사, 보시다시피 이렇게 물장난이나 치고 있는 철없는 중이지."

원광법사가 고개를 숙이며 말했다.

"몰라뵙고 큰 잘못을 저질렀사옵니다. 용서하십시오, 대사님."

"어서 발이나 씻도록 하시오."

원광법사가 예를 차려 인사했다.

"호구산 호구사에 살던 원광, 대사님께 문안드리옵니다."

원광이라는 말에 노승의 눈이 반짝 빛났다.

"무엇이라구? 호구사 원광?"

"예, 그러하옵니다."

"허허, 이거 소문에 듣던 원광법사를 이렇게 만나뵙다니, 결

례는 내가 저질렀소이다 그려."

"아, 아니옵니다, 대사님."

"아, 아니라니요. 홍선사 중 담천, 원광법사께 문안 올립니다."

이렇게 재미난 첫대면을 시작으로 해서 원광법사는 당대 중국 불교를 대표하고 있던 담천대사 문하에서 섭대승론을 배우게 되었다.

12
빈 저수지에 그물은 던져서 뭘하나

원광법사는 담천대사의 강을 배울 적에는 스승과 제자의 사이가 되었고, 마주 앉아 차를 마시며 법담을 주고 받을 적에는 도반이 되었으니, 이때 벌써 원광법사의 학덕은 중국 불교계에 널리 알려지게 되었다.

원광법사는 우리나라 승려로서는 최초로 섭대승론을 통달하게 되었고, 중국 불교 섭론종의 종지를 꿰뚫게 되었다.

하루는 담천대사가 원광법사를 불렀다.

"이것 보시오, 원광법사."

"예, 대사님."

"내 이제는 섭대승론에 대해서는 더 이상 들려드릴 말씀이 없어졌소이다."

원광법사가 의아해서 물었다.

"무슨······ 말씀이시온지요, 대사님?"

"법사께서 내 학덕을 이미 다 뛰어 넘었으니 이젠 이 홍선사를 떠나도록 하시오."

원광법사는 말도 안된다는 표정을 지었다.

"아, 아니옵니다, 대사님. 소승이 대사님의 경지에 이르려면 아직도 멀었사옵니다."

"이것 보시오, 원광법사."

"예."

"어부가 저수지에 그물을 던지고 던져서 그 저수지에 있던 물고기를 다 잡았으면 이제는 다른 저수지로 옮겨 가야 마땅한 일이 아니겠소이까?"

"그, 그야 그렇겠습니다마는······."

담천대사가 계속해서 말했다.

"그런데 법사는 물고기도 없는 저수지에 계속해서 그물을 던지겠다고 고집하시는 게요?"

원광법사는 아무 말도 하지 못했다.

잠시 후, 원광법사가 담천대사를 쳐다보았다.

"하오시면 소승 대체 어디로 가라는 분부이시온지요?"

"잠시 기다리시오."

담천대사는 원광법사에게 잠시 기다리라고 하고는 바깥을 향해 소리쳤다.

"이것 보아라, 시자 거기 있느냐?"

바깥에 있던 시자가 얼른 뛰어 들어왔다.

"예, 스님. 부르셨사옵니까?"

"그래, 내가 일전에 알아보라고 한 일은 알아놓았느냐?"

"예."

"그래, 혜원대사는 어디 계시고, 영유대사는 어디에 계신다고 그러더냐?"

"예, 혜원대사께서는 흥덕사에 계시옵고, 영유대사는 흥륜사에 계신다 하옵니다."

담천대사가 고개를 끄덕였다.

"그래, 되었다. 그만 나가보아라."

"예에."

시자가 나간 뒤, 담천대사는 원광법사를 쳐다보았다.

"이것 보시오, 원광법사."

"예."

"혜원대사로 말씀을 드리자면 우리 중국 불교계에서 열반경에 으뜸이십니다."

원광법사가 고개를 끄덕이며 대답했다.

"예."

"또 한 분 영유대사로 말씀을 드릴 것 같으면 우리 중국에서 반야경에 으뜸이십니다."

"예, 소승도 들어서 알고는 있었사옵니다마는 아직 만나뵙는 복은 얻지 못했사옵니다."

담천대사가 계속해서 말했다.

"내가 미리 시자를 시켜서 알아보았소이다. 그런데 마침 두 대사님께서 홍덕사와 흥륜사에 와 계신다 하니 법사께서는 우선 홍덕사로 가시는 게 좋을 것이오."

원광법사는 그렇게까지 생각을 해주는 담천대사가 너무나도 고마웠다.

그러나 선뜻 나설 수가 없었다.

"…… 말씀은 알겠습니다마는 소승은 2, 3년 만이라도 더 대사님 문하에 있었으면 합니다."

담천대사가 딱 잘라서 말했다.

"아니될 말씀! 빈 저수지에 그물을 던져봐야 세월만 아까울 뿐 별무소득일 것이니 어서 홍덕사로 가서 큰 고기를 잡도록 하시오."

원광법사는 더 이상 어쩌는 수가 없었다.

"…… 알겠사옵니다. 대사님의 이 큰 은혜, 소승 결코 잊지 아니할 것이옵니다."

원광스님은 이미 중국 불교계에 그 이름을 널리 떨칠만큼 학덕이 높고 깊었음에도 불구하고, 부처님의 가르침을 더 깊이 배우고, 부처님의 도를 더 높이 닦는 일에 있어서는 체면 같은 것을 굳이 따지지 않았다.

　그저 겸손한 마음으로 수행에 임했으니, 중국의 고승대덕들 가운데 원광법사를 칭찬하지 않는 분이 없을 정도였다.

　원광법사는 당대 중국의 고승인 혜원대사를 찾아뵙고 열반경을 다시 배운 다음, 영유대사를 찾아가 반야경을 두루 섭렵했다.

　이제 원광법사가 중국에 건너온 지 어언 이십여 년이 지나 있었다.

　한 승려가 원광법사에게 물었다.

　"법사님께서는 맨처음, 진나라 서울이었던 금릉 장엄사에서 수행을 시작하셨다고 들었사옵니다만……."

　원광법사가 고개를 끄덕였다.

　"그래, 내가 맨처음 중국 땅에서 수행을 시작했던 곳은 장엄사였네. 그리고 그 다음에는 소주 땅 호구사였고……."

　승려가 얼른 말을 받았다.

　"그 다음에는 수나라 새 서울인 장안성 홍선사로 오셨구요?"

원광법사가 고개를 끄덕이며 말을 이었다.

"흥선사에서 흥덕사, 흥덕사에서 흥륜사, 그동안 참으로 좋은 절, 좋은 스님들을 많이도 만나 뵈었네."

원광법사는 그때의 일들이 생각나는 듯 지그시 두 눈을 감았다.

승려가 다시 말했다.

"그래서 모두들 그렇게 말하고 있습니다요."

원광법사가 눈을 뜨고 물었다.

"뭐라고 말이던가?"

"신라에서 오신 원광법사께서 우리 중국 불교의 진수를 한 입에 다 삼켜버리셨다고 말씀입니다요."

원광법사는 말도 안된다는 표정을 지었다.

"원 거 무슨 당치 않은 말씀이신가? 나야 그동안 주마간산 격으로 중국 불교를 구경만 하고 다닌 셈이지."

승려가 고개를 설레설레 저으며 말했다.

"아니옵니다요, 다들 그러시는데 섭대승론이나 열반경, 반야 경, 그리고 아함경이나 구사론에 대해서라면 감히 어느 누구도 법사님께 대적할 사람이 없다고 하셨습니다."

"공연한 과찬의 말씀들이니, 그대는 행여라도 그런 말에 현 혹되어서는 아니될 것이야."

잠시 잠자코 있던 승려가 다시 원광법사를 불렀다.

"저…… 스님."

"왜 그러시는가?"

"스님께서는 혹시 고국이 그립지 아니 하신지요?"

원광법사는 잠시 할 말을 잊고 하늘에 흘러가는 구름을 쳐다
보았다.

"…… 글쎄…… 나도 사람이거늘 어찌 고국산천이 그립지 아
니하고, 고국 사람, 고국 말소리가 그립지 아니 하겠는가?"

"그러시면 어쩐 까닭으로 두 번씩이나 환국을 사양하셨는지
요?"

"그래. 신라 조정에서 사신을 보낼 적마다 나에게 환국하여
불교를 이끌어 줄 것을 분부했었지. 허나 아직 내 공부가 익지
아니 했으니 그래서 사양을 했을 뿐, 다른 까닭이야 있을 수
있겠는가?"

승려가 원광법사의 안색을 조심스럽게 살피며 물었다.

"하오시면 이번에도 또 사양하실 생각이신지요?"

느닷없는 승려의 질문에 원광법사가 되물었다.

"그건 또 무슨 소리던가? 어디서 무슨 소리를 듣기라도 했구
먼?"

"예. 사실은 어젯밤 들은 소리가 있어서요."

원광법사가 궁금한 듯 물었다.

"무슨 소리던가?"

"얼마전 신라에서 우리나라 황실에 두 명의 사신을 보내 왔는데요, 그 신라 사신들이 황제폐하를 알현한 자리에서 청원을 올렸다고 하옵니다요."

"대체 무슨 청원이라고 그러던가?"

"신라에서 건너오신 원광법사님을 이제 그만 환국하시도록 윤허해 달라는 청원이었다 하옵니다."

"그, 그래서 황제폐하께서는 어찌 하셨다 하던고?"

"법사께서 환국하고 아니 하고는 법사가 알아서 정할 일이지 중국황제가 간섭할 일이 아니라고 대답하셨다 하옵니다."

"…… 원광이 환국하고 아니 하고는 원광이 알아서 정할 일이다?"

원광법사는 그 말을 전해 들은 뒤, 곰곰이 생각에 잠겼다.

고국 신라를 떠나온 지 손꼽아 헤아려 보니, 어언 이십삼 년이었다.

신라 진지왕 3년, 설흔 일곱의 나이에 고국을 떠나 어느덧 세속 나이로 예순이 되었으니 참으로 오랜 세월이 흘러간 셈이었다.

신라의 서울 서라벌 거리도 보고 싶었고, 맨처음 수행을 시작했던 삼기산도 눈 앞에 어른거렸다.

그리고 무엇보다도 신라 백성들의 투박한 목소리가 듣고 싶었다.

그 다음날이었다.

신라 사신이 원광법사를 불쑥 찾아 들었다.

"신라에서 건너 오신 원광법사님께 신라 사신 제문이 문안 인사 올리옵니다."

참으로 오랜만에 들어보는 신라의 말소리에 원광법사는 반갑게 문을 열고 밖으로 나왔다.

"그, 그대가 정녕 신라에서 온 사신이란 말이던가?"

원광법사의 목소리는 떨리기조차 했다.

사신이 고개를 숙이며 말했다.

"그렇사옵니다, 법사님. 소신 왕명을 받자옵고 문안 인사 올리오니 받아주십시오."

"원로에 참으로 고생이 많으셨겠네. 어서 그만 안으로 들어오시게."

"…… 고맙습니다, 법사님."

원광법사와 사신은 방으로 들어와 마주 보았다.

"자, 자, 이쪽으로 앉도록 하시게."

"예."

사신이 자리에 앉자마자 원광법사가 고국의 소식을 묻기 시작했다.

"그래, 우리 신라 땅에 별다른 변고는 없으신가?"

원광법사의 물음에 사신의 얼굴이 어두워졌다.

"변고가 늘 그치지 아니하니 그래서 걱정입지요."

원광법사는 걱정스레 물었다.

"변고가 그치지 아니한다니?"

"법사님께서도 아시다시피, 이웃 나라인 고구려, 백제가 사흘이 멀다 하고 국경을 침범하니 단 하루도 편안한 날이 없사옵니다."

"허허 저런, 아니 그래 아직도 그렇게 세 나라가 아웅다웅 다투고 있더란 말이신가?"

"세 나라 가운데 우리 신라가 가장 작은 나라이고 힘이 없으니, 실로 우리 신라의 운명은 바람 앞에 등불인가 하옵니다."

원광법사가 눈을 찌푸렸다.

"신라의 운명이 바람 앞에 등불이라고?"

원광법사는 고국 신라의 운명이 바람 앞에 등불이라는 말을 듣고 적지아니 놀랐다.

잠시 생각에 잠겨 있던 원광법사가 사신을 불렀다.

"이것 보시게."

"예."

"대체 우리 신라가 어쩐 까닭으로 바람 앞에 등불이란 말이시던가?"

"법사님께서도 알고 계시리라 믿사옵니다마는, 첫째 우리 신라는 땅이 넓지 못하고, 백성의 수효도 적은 데다가 넓고 비옥한 농토 또한 적은지라 고구려나 백제에 비해 열세인데다가······."

원광법사가 답답하다는 듯 말을 재촉했다.

"그리고 또 다른 까닭이 무엇이던가?"

사신이 고개를 조아리며 말했다.

"말씀드리기 죄송하오나, 고구려와 백제는 이미 왕권이 확립되어 일사분란하게 나라가 통치되고 있으나 우리 신라는 아직도 귀족들이 세력 다툼을 벌이고 있는 실정이라 왕의 권세가 고구려나 백제에 비해 열세인 까닭이옵니다."

원광법사는 답답하다는 듯 방바닥을 손바닥으로 내리쳤다.

"허허 저런! 허면 아직도 신라에서는 왕족과 귀족들이 진골이라 자처하고 백성과 노비들을 무자비하게 다루고 있단 말이던가?"

사신이 대답했다.

"…… 말씀드리기 죄송하오나 소신의 직분상 더는 말씀 올리지 못하겠사옵니다."

멍하니 허공을 응시하던 원광법사가 무겁게 입을 떼었다.

"내가 신라를 떠날 적에, 신라 땅에서는 왕족과 귀족만이 사람 행세를 했을 뿐, 엄격한 골품제도로 밑바닥에 버려진 백성과 노비들은 사는 형편이 말씀이 아니었네. 재상의 집에는 벼슬과 재물이 끊이지 아니하고 노비의 수효가 삼천이요, 그 집에 병졸과 소와 말과 돼지 또한 수천에 이르렀으니 귀족들의 부귀영화는 하늘에 닿았으되 백성과 노비들의 참상은 차마 눈 뜨고 볼 수가 없었다네. 그런데 아직도 세상이 그 지경이라면 대체 백성과 노비들이 무엇을 믿고 살아가겠는가?"

원광법사의 눈에는 이슬이 맺혀 있었다.

사신이 조심스럽게 말했다.

"말씀드리기 죄송하오나, 소신이 떠나올 적에 왕께서 분부하시기를 원광법사님을 반드시 모시고 환국하라 하셨사옵니다."

사신의 말에 원광법사는 고개를 절래절래 흔들었다.

"나는 돌아가지 아니 할 것이야."

사신이 놀라서 물었다.

"예에? 돌아가지 아니 하시겠다구요?"

원광법사가 모멸차게 말했다.

"귀족들만 호화방탕한 나라에 돌아가서 내가 할 일이 과연 무엇이겠는가!"

원광법사는 크게 노해서 고국 신라로 돌아가기를 거절했다.

그러나 고국 신라의 소식을 들은 원광법사의 마음은 편치 아니 했으니 편한 잠을 이룰 수 없었다.

밤새 두견새 우는 소리가 처량하게 들려왔다.

원광법사는 홀로 앉아서 마치 앞에 스승이 계시기나 한 것처럼 답답한 속마음을 털어놓는 것이었다.

"스님이시여, 소승은 스님의 분부를 받자옵고 수륙만리 만경창파를 넘어 부처님 법을 구하고자 중국 땅에 왔사옵니다.

진나라 서울 금릉의 장엄사에서 비롯된 소승의 구법 수행은 호구산 호구사, 흥선사, 흥덕사, 흥륜사를 거쳐 어언 이십여 년의 세월이 흘렀나이다.

소승 이제 고해 중생을 위해 법을 전하고 법을 펴고자 하나, 돌아가야 할 고국 신라는 아직도 백성을 도탄에 빠뜨린 채 귀족들의 호화방탕과 가렴주구가 극에 달하여 있고, 이웃 나라 백제와 고구려가 괴롭힌다 하니, 백성들의 참상이 눈에 보이는 듯 하옵니다.

소승 아직도 어리석은 중생이라 고국 신라의 소식을 듣고 끓어오르는 분심을 억제치 못하여 귀국을 거절하고 말았사오나,

이는 아무리 생각해 보아도 옳은 일이 아니오라 어리석은 소
승, 심히 괴롭나이다."

원광법사의 귀에 스승의 목소리가 들리는 듯 했다.

"원광은 듣거라. 일찍이 부처님께서 말씀하셨거니와 병들어
고통받는 중생이 있기에 의원이 필요한 것이지, 병든 중생이
없다면 병을 고치는 의원을 어디다 쓰겠느냐? 배고픈 중생에
게는 음식이 필요하고, 목마른 중생에게는 물이 필요하듯이, 도
탄에 빠진 신라 백성에게는 부처님의 자비가 있어야 할 것이
요, 병든 신라 조정에는 부처님의 약이 필요할 것이니, 원광 그
대는 마땅히 알라! 어찌 고국 신라로 돌아가는 것을 망설일 것
인가! 하루 속히 신라로 돌아가서 부처님의 가르침으로 도탄
에 빠진 백성을 구해야 할 것이다!"

원광법사는 고개를 조아리며 대답했다.

"…… 알았사옵니다 스님, 알았사옵니다."

다음날 원광법사는 제자를 시켜 신라 사신을 불러오게 하였다.
사신이 인사를 올렸다.

"법사님께서 부르셨다 하옵기에 찾아뵈었습니다."

"그래, 내가 불렀네. 그대들은 언제 어느 시에 신라로 돌아갈
것인고?"

"예, 닷새 후 아침에 배편으로 돌아갈 것이옵니다."

잠시 사신을 쳐다보다가 원광법사가 말했다.

"허면 그 배편에 내가 앉을 자리를 마련해 주시겠는가?"

그말에 사신의 얼굴이 밝아졌다.

"하오시면 저희와 함께 환국하시겠사옵니까요, 법사님?"

"그럴 생각이네."

사신이 연신 고개를 꾸벅이며 감격스런 목소리로 말했다.

"고맙습니다요, 법사님. 저희가 정성을 다해 모실 것이오니 다른 것은 조금도 염려치 마십시오."

"한 가지 부탁이 있네."

"예, 말씀하십시오, 법사님."

"내가 돌아갈 적에 가지고 가야할 짐이 많은데 그걸 다 배에다 실어줄 수 있으시겠는가?"

"무슨 짐이 얼마나 되시는지요?"

"출가 수행자에게 다른 짐이야 있을 수 있겠는가, 부처님의 말씀을 기록해 놓은 여러 가지 경책들이지."

사신이 알겠다는 듯 고개를 끄덕였다.

"아, 예. 경책들이라면야 마땅히 다 실어 드려야지요."

"가지고 가야 할 경책이 실히 서너 짐은 될 것이니 그리 아시게."

"그건 조금도 염려치 마십시오. 소신이 직접 짊어져다가라도
배에 잘 모실 것이옵니다요."

13
자비로써 나라를 다스리시오

　신라 진평왕 22년, 그러니까 서기로는 600년 6월에 원광법사
는 당시 중국에 사신으로 왔던 제문과 횡천이 신라로 돌아올
적에 같은 배를 타고 고국으로 돌아오게 되었다.

　고국 신라를 떠난 지 실로 만 23년 만의 일이었다.

　설흔 일곱 살의 무명 승려로 고국을 떠났던 원광법사는 이제
세속 나이 육십의 학덕 높은 법사가 되어 고국 신라로 돌아왔
으니 그야말로 금의환향인 셈이었다.

　더더구나 당시 대국으로 알려진 중국에서도 고승의 서열에
오르고 황제가 베푸는 어전 법회에도 초빙되어 강을 설할 만
큼 그 이름을 떨친 원광법사가 돌아왔으니 신라에서는 진평왕
이 극진히 맞아 원광법사를 친히 모셨다.

　진평왕이 만면에 웃음을 띠고 말했다.

"법사께서 이렇게 환국해 주시니 실로 반갑고 든든하기 그지 없소이다."

원광법사가 예를 갖추어 말했다.

"대왕마마께서 이토록 과분한 대접을 베풀어 주시니 소승 몸 둘 바를 모르겠사옵니다."

"원, 그 무슨 당치 않으신 말씀이시오. 법사님으로 말씀을 드릴것 같으면 우리 신라에서보다도 저 대국인 중국천하가 고승으로 모시고 추앙한다는 분이시거늘, 조금도 괘념치 마시고 편히 지내도록 하십시오."

"아, 아니옵니다. 소승 쓸데없이 허명만 높았지 아직도 더 배우고 닦아야 할 몸이옵니다."

"원, 그 무슨 겸사의 말씀을 그리 하십니까? 그동안 사신 편에 듣자하니 수나라 황제가 베푸신 어전 법회에서 강을 설하시자 중국의 고승대덕들까지도 엎드려 추앙했다고 하던데, 이제 우리 신라 땅에 돌아오셨으니 그 높은 도력으로 이 나라를 구해 주시오."

진평왕의 말에 원광법사가 답했다.

"소승 보잘것 없는 수행자일 뿐, 감히 어찌 나라를 구하는 재주가 있겠사옵니까?"

진평왕이 웃으며 원광법사를 쳐다보았다.

"허허, 거 무슨 겸사의 말씀을……. 그래 법사께서는 장장 이십여 년의 장구한 세월 동안 중국의 명산대찰을 두루두루 돌아다니시면서 크고 높은 불도를 이루셨다 하던데 대체 어떤 도통을 이루셨소이까?"

"아, 아니옵니다. 본시 불도란 도통을 하는 것이 아니오라 부처님의 가르침을 배우고 닦는 것이오니 소승 그저 큰 스승을 찾아뵙고 다니면서 지극 정성으로 공부했을 뿐이옵니다."

진평왕이 고개를 끄덕이며 말했다.

"허면, 짐이 우선 한 가지만 물어보겠소이다."

"예, 하문하십시오."

"그동안 중국에서 도를 많이 닦으셨으니, 나라를 구하고 백성을 살리는 방도를 알고 계실 터, 그 묘책은 과연 무엇인지 어디 한 번 말해 보시오."

원광법사가 진평왕을 쳐다보았다.

"소승, 산속에 들어앉아 부처님의 가르침만을 배우고 닦았으니, 감히 어찌 대왕마마께서나 하옵시는 나라 다스리는 일을 알 수가 있겠사옵니까?"

진평왕이 간곡하게 부탁했다.

"허허, 그러시지 마시고 어디 한 번 일러 보시오."

"대왕마마께서 친히 하문하시니 소승 부처님의 말씀을 대신

전해 올릴까 하옵니다."

"그러시오. 어디 한 번 들어봅시다."

"부처님께서 이렇게 이르셨습니다.

'왕이여, 자세히 들으시오.

나라가 태평하기를 바라고, 백성들이 편안하기를 바라거든 자비를 베풀어야 할 것이니, 칼과 창으로 백성을 다스리고, 칼과 창으로 나라를 빼앗으면 그 나라는 결코 태평치 못할 것이요, 그 백성은 결코 편안하지 못할 것이오!

그러면 대체 어떤 것이 자비인가!

죽이는 것은 자비가 아니요, 잡아들이는 것은 자비가 아니며, 빼앗는 것은 자비가 아니요, 차별하는 것은 자비가 아니니, 살리는 것이 자비요, 풀어주는 것이 자비요, 나누어 주는 것이 자비요, 평등하게 대해주는 것이 자비이니, 왕은 마땅히 이 네 가지 자비를 베풀어, 나라를 태평하게 하고 백성을 편안하게 해야 할 것이오!'"

원광법사를 쳐다보며 한 마디 한 마디 열심히 듣고 있던 진평왕이 조그만 목소리로 말했다.

"그, 그러니까 죽이지 말고, 잡아들이지 말고, 빼앗지 말고, 차별하지 말라……."

"그렇사옵니다, 대왕마마."

"죽이지 말고, 잡아들이지 말고, 빼앗지 말라는 말씀은 알겠
소만은 차별하지 말라는 말씀은 대체 무슨 말씀이오?"

"예, 이 세상 어리석은 중생은 이 손바닥 하나를 놓고도 이건
엄지 손가락이다, 이건 검지 손가락이다, 이건 또 새끼 손가락
이다, 구별을 하고 차별을 하지만 손가락은 한 손에 붙은 똑같
은 한 핏줄 한 생명이니 차별하지 말고 평등하게 보라는 말씀
이십니다."

진평왕이 손바닥을 펴보며 말했다.

"이 손가락들을 평등하게 보라니?"

원광법사가 설명했다.

"우리 부처님께서 이르시기를, 사람은 다 똑같이 귀한 생명
이니 양반 상놈을 가리지 말고, 귀족과 노비를 구별하고 차별
하지 말라고 하셨습지요."

원광법사의 말을 알아듣지 못한 진평왕이 다시 물었다.

"아니, 그건 또 무슨 말씀이시오? 귀족과 노비를 구별하지도
말고 차별하지도 말라니?"

"부처님의 자비로우신 가르침은 훗날 또 전해올릴 기회가 있
을 것이옵니다만, 아무튼 나라를 태평케 하고, 백성을 편안케
하려면 자비를 베푸시는 것이 으뜸이라 하셨으니 이 한 가지
만 잊지 아니하시오면 태평성대가 이루어질 것이요, 만백성이

받들어 우러를 것이옵니다."

　원광법사는 진평왕의 극진한 대접을 받고 당시 신라의 서울 서라벌, 지금의 경주 황룡사에 모셔졌는데, 승속간에 스님 모시기를 임금 위하듯 하는 것이었다.
　방으로 모셔진 원광법사가 시자승을 불렀다.
　"밖에 시자 있느냐?"
　시자승이 얼른 뛰어왔다.
　"예, 스님. 부르셨사옵니까요?"
　"그래, 내가 불렀느니라."
　"분부 내리십시오, 스님."
　"대체 누가 이 방에 이런 비단 금침을 갖다 놓았느냐?"
　"예, 스님께서 덮고 주무실 것이라 하여 왕실에서 특별히 보내셨다 하옵니다."
　"비단 요에 비단 이불을 왕실에서 보내왔다?"
　"예, 그렇사옵니다."
　시자승의 대답에, 일순 노한 법사의 호통이 내려졌다.
　"어서 이것들을 당장 밖으로 내가거라."
　시자승의 눈이 휘둥그레졌다.
　"예에? 아니, 왕실에서 보내오신 이 요와 이불을 밖으로 내가

라니요, 스님?"

시자승의 물음에는 아무런 대꾸도 없이 원광법사는 목소리를 높였다.

"당장 내다가 왕실로 돌려 보내라고 일러라!"

"예에?"

시자승이 입을 다물지 못하고 멍하니 서 있자 원광법사가 다시 소리쳤다.

"당장 밖으로 내가라는데 무엇을 꾸물거리고 있는고?"

시자승이 얼른 대답했다.

"아, 예. 내가겠습니다요, 스님."

시자승이 그렇게 대답만 하고 선뜻 움직이지 않자 원광법사가 버럭 소리를 질렀다.

"이 녀석이 그래도 꾸물거리고 있구나. 어서 썩 내가란 말이다!"

"아, 예 스님. 하, 하온데 스님."

"뭘 꾸물거리고 있는 게야?"

시자승이 걱정스레 말했다.

"하오나 왕실에서 보내온 것을 함부로 돌려보내면 날벼락이 떨어질 것이옵니다요, 스님."

"날벼락이건 생벼락이건 맞아도 내가 맞을 것이니 너는 그런 걱정은 아니해도 좋을 것이다. 어서 썩 내가기나 해라!"

"…… 아, 예. 알았사옵니다요."

황룡사에 머물게 된 첫날밤, 원광법사를 위해 왕실에서 보내 온 비단금침을 스님은 일언지하에 밖으로 내쳤다.

그리고 그 다음날 이른 아침이었다.

시자승이 공양상을 가지고 와서 고했다.

"스님, 공양상 올리겠사옵니다. 아침 공양 드십시오."

원광법사가 방문을 열었다.

"이것 보아라."

"예, 스님."

"이 절에서는 대중 공양을 하지 아니하고 독상 공양을 하고 있단 말이더냐?"

"아, 아니옵니다요. 다른 대중들은 다 대중방에서 대중 공양 을 들도록 되어 있사옵니다만……."

"그러면 내 공양도 대중방에서 함께 들도록 해야 할 것이지, 무슨 연유로 독상을 차려 왔더란 말인고?"

시자승이 우물거리며 대답했다.

"소승은 잘 모르겠사옵니다만 주지스님의 특별한 분부가 있 으셨다 하옵니다요."

"이 독상은 공양간에 다시 돌려 보내거라. 내가 대중방으로

갈 것이니라."

시자승이 어찌 할 바를 모르고 원광법사의 얼굴만 쳐다보았다.

"하오면 이 공양상은……."

"어서 갖다 주래도 그러는구나!"

"아, 알겠습니다요. 에이 참!"

시자승이 마지못해 돌아서는데 원광법사가 다시 불렀다.

"이것 보아라!"

"예?"

"그 공양상 어디 한 번 보자."

시자승이 다시 가지고 온 공양상을 들여다 본 원광법사가 깜짝 놀라며 말했다.

"허허, 이건 대체 무엇이란 말이던고? 이건 죽이 아니라 흰밥이 아니냐?"

시자승이 얼른 대답했다.

"예, 기름진 쌀밥이옵니다요."

원광법사가 혀를 끌끌 찼다.

"원, 이런 일이 있는가! 출가 수행자의 아침 공양에 밥이 오르다니? 그리고 이건 또 웬 찬들이 이리도 많은고?"

"주지스님께서 분부가 있으셔서……. 그래서 전도 부치고 튀

각도 만들고 산초 열매도 볶고 그런 줄로 아옵니다요."

"너 어서 이 공양상을 공양간에 갖다주고, 주지스님을 내가 좀 보잔다고 그래라."

"예, 분부대로 거행하겠습니다."

원광법사가 아침 공양상도 물리치고 주지를 보자고 하자, 주지스님은 대접을 소홀히 해서 역정이라도 난 줄 알고 한걸음에 달려와 엎드렸다.

"부르셨사옵니까, 스님."

원광법사가 조용한 목소리로 주지스님을 불렀다.

"이것 보시게, 주지스님."

주지스님이 걱정스럽게 대답했다.

"예, 말씀내리십시오."

"대체 이 절의 풍속은 어찌 되어 있으시던가?"

"예에? 무슨…… 말씀이시온지요?"

"이 절에서는 아침 공양에 죽을 먹게 되어 있는가, 밥을 먹게 되어 있는가?"

"예. 3, 4년 전까지만 해도 양식이 모자라서 죽을 겨우 먹었사옵니다마는 근자에는 왕실에서 양식을 넉넉하게 보내 주시는 덕분에 밥을 먹게 되었사옵니다."

미처 주지스님의 말이 끝나기도 전에 원광법사가 주장자로 주지스님의 어깨를 내리쳤다.

"흡!"

주지스님은 흠칫 놀라서 아무런 말도 못하고 원광법사의 얼굴만 쳐다보았다.

"내가 어쩐 까닭으로 한 방 내리쳤는지 그 까닭을 아시겠는가?"

"예, 짐작은 하겠사옵니다, 스님."

"듣자하니 지금 우리 신라 백성들 가운데는 초근목피로 연명하는 사람들이 많다고 하거늘, 감히 어찌 출가 수행자들이 죽을 먹지 아니하고 흰 쌀밥을 해먹는단 말이던가?"

추상같은 원광법사의 물음에 주지스님은 고개를 푹 숙였다.

"…… 잘못 되었습니다, 스님."

이어서 원광법사가 또 나무랐다.

"또 한 가지, 출가 수행자의 아침 죽 공양에는 간장 한 가지, 그리고 소금에 절인 채소가 있으면 족할 것이거늘 어찌하여 아침 공양상에 반찬이 예닐곱 가지나 오른단 말이던고?"

주지스님이 억울하다는 듯이 대답했다.

"그, 그것은 대왕마마의 특별한 분부가 계셨사옵기로 그리한 것이옵니다, 스님."

원광법사가 다시 나무랐다.

　"이 사람, 정신 차리시게! 아무리 대왕마마의 분부가 계셨다고 하더라도 여기는 사찰이니 사찰의 법도에 따라야 하는 법이네. 출가 수행자의 이부자리가 비단금침이 당키나 하며, 흰밥에 진수성찬이 말이나 되는 소린가?"

　원광법사의 나무람에 주지스님은 그저 아무런 할 말이 없었다.

　"잘못 되었사옵니다. 스님. 용서하여 주십시오."

　원광법사는 자신을 위해 왕실에서 특별히 보내왔다는 비단금침을 기어이 왕실로 되돌려 보내고 맨 바닥에 홑이불 한 장, 목침을 베고 지내는 것이었다.

　뿐만 아니라 원광법사는 아침에는 모든 수행자가 죽으로 공양을 마치고, 사시 마지를 올린 뒤에 밥을 한 술 들도록 하고, 오후에는 불식할 것을 엄히 분부했으니 이로부터 신라의 사찰에는 새로운 기풍이 자리잡기 시작했다.

14
끝없는 욕심을 버려라

    원광법사는 황룡사에 하나하나 새로운 기풍을 잡아가고 있었다.

    그러던 어느날이었다.

    주지스님이 원광법사를 찾았다.

    "스님, 스님, 안에 계시옵니까?"

    원광법사가 방문을 열었다.

    "아니, 주지스님이 어쩐 일이시던가?"

    주지스님이 원광법사를 쳐다보며 걱정스럽게 말했다.

    "이거 아무래도 날벼락이 떨어질 모양이옵니다요, 스님."

    원광법사가 궁금하여 물었다.

    "대체 무슨 소리던가?"

    "대왕마마께서 진노하시와 법사스님을 왕궁으로 모시라고 하명하셨다 하옵니다."

원광법사가 주지스님을 쳐다보며 물었다.

"대체 무슨 일로 진노하셨더란 말이던가?"

"왕실에서 친히 내리신 금침을 감히 어찌 되돌려 보낼 수 있느냐 하시면서 진노하셨다 하옵니다요."

원광법사는 별 일 아니라는 듯 태연했다.

"허허, 거 참 대왕마마께서도 진노하실 일이 따로 있으시지, 그만한 일로 진노하셨다니……."

주지스님이 걱정스레 물었다.

"대체 이 일을 어찌 하시려는지요, 스님?"

"대왕마마께서 들어오라 어명을 내리셨으면 내 마땅히 왕궁으로 가는 게 도리가 아니겠는가?"

"…… 행여라도 무슨 일을 당하시면 어찌 하시려구요, 스님!"

걱정스런 주지스님과는 달리 오히려 원광법사는 의연하였다.

"걱정하지 말게. 설마한들 무슨 날벼락이야 내리시겠는가?"

원광법사는 조금도 두려워하지 않고 왕궁으로 들어가 진평왕을 배알하게 되었다.

"대왕마마의 어명을 받자옵고 소승 원광 문안 올리옵니다."

진평왕은 진노하여 원광법사의 인사도 받는 둥 마는 둥 했다.

"법사는 대체 예의범절도 모르시더란 말이오?"

"소승, 무슨 하문이시온지 얼른 알아듣지 못하겠사옵니다, 대왕마마."

진평왕이 목소리를 조금 낮추었다.

"이것 보시오, 법사!"

"예."

"한 나라의 왕이 친히 보낸 물건은 감히 어느 누구도 거절하지 아니 하는 것이 나라의 법도이거늘 법사는 어찌 그것을 모르셨단 말이오?"

원광법사가 태연하게 말했다.

"아뢰옵기 황송하오나 출가 수행자는 누더기 옷 한 벌, 밥 그릇 하나, 그리고 늙은 사람은 지팡이 하나만 가질 수 있을 뿐, 호사스러운 비단금침에서 자는 것은 불가의 법도에 엄히 금한 것이라 소승 부득이 그리 하였사오니 나라의 법도에 어긋난 죄, 엄히 다스리시면 달게 받을 것이옵니다."

진평왕이 목소리를 누그러뜨리고 물었다.

"아니 그러면 참으로 불가의 법도에 비단금침이 어긋난단 말이시오?"

원광법사가 고개를 끄덕였다.

"그렇사옵니다, 대왕마마. 우리 부처님께서는 나무 밑에서 주무시고, 풀밭에서 주무시고, 길바닥에서 주무셨을지언정 결코 푹신한 이부자리에서 주무시지 아니하셨사옵니다."

진평왕이 다시 물었다.

"아니 그러면 부처님께서는 가지신 게 그렇게도 없으셔서 그 토록 고생을 하셨더란 말이오?"

원광법사가 고개를 저으며 말했다.

"아니옵니다, 대왕마마. 우리 부처님께서는 본래 가필라 왕국 의 태자이셨으니 가지신 것이야 얼마든지 많았사옵니다."

진평왕은 도저히 이해가 안된다는 표정이었다.

"가지신 게 많으신데도 일부러 그렇게 누더기 옷을 입고, 길 바닥에서 잠자고 그러셨단 말이오?"

"그렇사옵니다, 대왕마마. 부처님께서는 출가 수행자는 무소 유를 근본으로 삼고 욕심내지 아니하는 것을 본분으로 삼아 수행하라 이르셨사옵니다."

진평왕이 고개를 갸우뚱하였다.

"허허, 그것 참 알다가도 모를 일이로구먼. 아, 세상 사람 사 는 게 다 잘 먹고 잘 입고 잘 살려고 그러는 것이거늘 어찌하 여 부처님께서는 정 반대로 살기를 바라셨더란 말이오?"

"예. 이 세상 모든 중생들이 잘 먹고, 잘 입고, 잘 살기를 욕 심내는 데서 모든 괴로움이 일어나고 있으니, 그 괴로움에서 벗어나려면 잘 먹고, 잘 입고, 잘 살려는 그 끝없는 욕심을 버리라고 이르셨습니다."

원광법사의 설명에 진평왕은 고개를 설레설레 흔들었다.

"나는 도무지 원, 무슨 말인지 통 알아들을 수가 없구료. 법사는 짐이 알아듣기 쉽도록 달리 말해주실 수는 없겠소이까?"

원광법사가 진평왕을 쳐다보았다.

"하오면 스승이 감히 대왕마마께 몇 가지 여쭈어도 되겠사옵니까?"

"무슨 말인지 어디 해 보시오."

"여쭈옵기 황송하오나, 대왕마마께옵서는 사람이 백 년, 이백년 사는 것을 보신 적이 있으시온지요?"

"그야 사람이 백 년은 또 모르려니와 감히 어찌 이백 년을 살 수가 있단 말이오?"

"그렇사옵니다, 대왕마마. 사람은 누구나 한 번 태어나면 늙고 병들고 종국에는 이 세상을 떠나야 하옵니다."

"그, 그야 정해진 이치가 아니오?"

원광법사가 고개를 끄덕이며 진평왕을 쳐다보았다.

"그렇사옵니다, 대왕마마. 태어나면 늙고 병들고 죽게 되어 있는 것이 정해진 이치이거늘, 이 세상 중생들은 그 정해진 이치를 잊어버리고 천 년 만 년 살 것처럼 욕심 내고, 속이고, 훔치고, 빼앗고, 싸우고 죽이고 있으니, 이것이 다 어리석은 까닭이라, 그래서 욕심을 버리고 지혜를 깨달으면 이 세상 모든 근심 걱정 괴로움에서 벗어난다 하셨습니다."

진평왕은 나름대로 깨닫는 바가 있어 고개를 끄덕이며 잠자코 원광법사의 법문을 듣고만 있었다.

원광법사는 이렇게 왕실의 극진한 대접과 특별 배려를 완강하게 거절하였다.

출가 득도한 부처님의 제자가 왕실의 도움을 받아 호사를 누리는 것은 불가의 법도에 어긋나는 일이었기 때문이었다.

그후 진평왕은 자주 원광법사를 왕궁으로 모셔다가 부처님의 가르침을 묻는 것은 물론이요, 나라의 정사까지도 자문을 구하곤 하였다.

하루는 원광법사가 주지스님을 불렀다.

"부르셨사옵니까, 스님?"

"어, 그래. 내가 주지스님을 잠시 만나자고 하였네."

"말씀 내리십시오, 스님."

원광법사가 미소를 띠우며 주지스님에게 물었다.

"듣자하니 청도 운문 고을 호거산에 좋은 절이 하나 있다고 그러던데 그 절이 대체 어느 절이던가?"

"예, 진흥왕 21년에 지어올린 작갑사라 하옵니다."

"작갑사라?"

"예, 까치 작자, 산 겹겹이 늘어설 갑자, 작갑사이옵니다."

"산 겹겹이 둘러싼 곳에 까치가 우짖는 절이라……."

주지스님이 고개를 끄덕였다.

"예, 그러하옵니다."

갑자기 원광법사가 주지스님에게 말했다.

"내일 아침 그 작갑사로 가고자 하니 길잡이 한 사람을 알아 보아 주시게."

주지스님이 걱정스런 얼굴로 말했다.

"아, 예. 길잡이를 대령하는 것은 어렵지 않사옵니다만, 산길이 아주 험한데 어찌 다녀오시려고 그러시는지요?"

원광법사가 웃으며 말했다.

"다녀오려는 게 아니라 내 아주 거기 가서 살 작정이네."

원광법사의 말에 주지스님이 깜짝 놀라 소리쳤다.

"예에? 아니 그 첩첩산중, 모든 것이 불편하고 부족한 그 작은 절에 가서서 어찌 사신단 말씀이시옵니까?" "

"첩첩산중이면 산중일수록, 모든 것이 부족하고 불편하면 불편할수록 출가 수행자가 살기는 좋은 법이니 나는 그 작갑사에 가서 살도록 할 것이야."

주지스님이 원광법사를 만류했다.

"아니 되시옵니다요 스님, 대왕마마께서 왕실로 모시라 하오시면 대체 그 일을 어찌 하시려고 그러시옵니까?"

"출가 수행자는 모름지기 권세를 멀리 하라 부처님께서 이르셨거니와 부처님 제자가 왕실에 자주 들락거리는 것은 좋은 일이 아닐세."

"그, 그래도 그렇습지요, 스님."

원광법사는 손을 저었다.

"여러 말씀 하실 것 없으니, 내일 아침 길을 떠날 수 있게 길잡이나 한 사람 알아보시게."

"하, 하오나 스님."

원광법사가 큰 소리로 말했다.

"허허, 이 사람, 어찌 이리 말귀를 못알아 듣는단 말이던가!"

주지스님이 흠칫 놀라서 얼른 대답했다.

"아, 예 스님. 분부대로 거행하겠사옵니다."

원광법사는 바로 그 다음날 길잡이를 해줄 승려 한 사람만을 데리고 황룡사를 떠나 지금의 경상북도 청도군 운문면 신원리 호거산에 자리잡고 있는 작갑사로 거처를 옮겼다.

당시의 작갑사가 바로 오늘의 청도 운문사이다.

작갑사에는 요란스레 까치가 우짖고 있었다.

"첩첩산중에 까치가 우짖는 절이라고 하더니만 과연 까치가 나를 반기는구먼 그래. 응? 허허허-."

　그러나 막상 원광법사가 작갑사에 당도하고 보니, 그동안 가람을 제대로 보살피지 아니해서 기왓장은 흘러내리고 기둥은 기울어 있고 가람 꼴이 말이 아니었다.

　한편, 원광법사가 당시 신라의 서울을 훌쩍 떠나 첩첩산중에 있는 작갑사로 떠났다는 말을 전해 들은 진평왕은 곧바로 신하를 보내어 스님의 안부를 살펴오라고 분부를 내렸다.

　진평왕의 분부를 받고 온 신하가 원광법사에게 물었다.

　"다시 한 번 여쭈옵니다만, 법사님께서는 어디 불편하신 데가 참으로 없으시온지요?"

　신하가 자꾸만 묻자 원광법사가 마지못해 대답했다.

　"대왕마마께 이렇게 전해 올려 주시게."

　"예, 분부 내리십시오."

　"이 늙은 중 원광은 대왕마마의 은덕으로 잘 먹고 잘 자고 잘 지내고 있더라고 말이네."

　그러자 신하가 고개를 갸웃거리며 말했다.

　"하, 하오나 소신이 살펴보건대, 기왓장은 흘러내리고 기둥은 기울어 장마철이 되면 비가 샐까 염려되옵니다만……."

원광법사가 별 일 아니라는 듯 말했다.

"절간 기운 것이야 이 늙은 중이 알아서 바로 세울 것이니, 그대는 대왕마마를 잘 보필해서 정사나 제대로 바로 잡도록 하시게."

신하가 고개를 숙이고 말했다.

"아, 예. 소신, 법사님의 말씀을 명심하도록 하겠사옵니다. 하, 하온데 법사님."

"그래, 또 무슨 말씀이시던가?"

"예, 대왕마마께서 분부하시기를 웬만하시면 법사님께서는 왕궁 가까이에 있는 황룡사에 돌아와 계심이 어떠하신지 여쭈어 오라 하셨사옵니다."

"이것 보시게."

"예."

"농사는 대체 누가 지어야 제격이던고?"

원광법사가 대답은 하지않고 갑자기 농사 이야기를 꺼내자 신하는 두 눈을 껌벅이며 원광법사를 쳐다보았다.

"예? 농사라니요, 법사님?"

원광법사가 좀 더 큰 목소리로 물었다.

"농사는 대체 누가 지어야 제대로 잘 짓겠느냐고 물었네."

신하가 얼른 대답했다.

"아, 예. 그거야 농부가 지어야 잘 지을 것이옵니다요."

맞았다는 듯이 고개를 끄덕인 후, 원광법사가 다시 물었다.

"허면 호미는 또 누가 만들어야 제대로 만들겠는가?"

"그, 그야 대장장이가 만들어야 제대로 만들 것이옵니다요."

"바로 말씀하셨네. 농사는 농부가 지어야 제대로 지을 것이요, 호미는 대장장이가 만들어야 제대로 만들 것이요, 나라 정사는 대왕마마와 문무백관들이 돌보셔야 제대로 될 것이니 이 늙은 중은 불도나 열심히 닦을 것이라 전해 주시게."

신하는 더 이상 아무 말도 못하고 원광법사에게 인사한 후 작갑사를 떠나는 수 밖에 없었다.

원광법사는 청도군 운문면 호거산 작갑사, 그러니까 오늘날의 비구니 수행도량인 운문사에 주석하면서 기울어진 가람을 중창하여 그 면모를 일신시키는 한편 대방등 여래장 경소 한 권과 여래장경 사기를 저술하였는데, 불행하게도 이 아까운 저술들이 오늘날까지 전해지지 못한 채 일본의 고문헌인 불경목록에만 기록되어 있다.

15
세속오계

이 무렵 신라는 북쪽의 고구려와 서쪽의 백제로부터 자주 침공을 받았으므로 나라에 이러한 변고가 있을 적마다 진평왕은 사신을 작갑사에 보내 원광법사의 가르침을 구하곤 하였다.

하루는 원광법사가 제자를 시켜 행장을 꾸리도록 시켰다.

"스님, 분부대로 행장을 다 꾸려 왔사옵니다."

원광법사가 자리에서 일어섰다.

"어 그래, 그 지팡이 좀 이리 다오."

"예, 여기 있사옵니다."

지팡이를 받아 쥔 원광법사가 제자에게 말했다.

"그래, 자 그러면 어서 그 걸망을 짊어지도록 해라."

제자의 눈이 휘둥그레졌다.

"…… 어디…… 로 가시게요, 스님?"

고개를 끄덕이며 원광법사가 말했다.

"여기서 가실사가 한 십 리 되는 길이렷다?"

"가실사로 가시게요?"

"그래. 첩첩산중이라고 해서 들어왔더니만 번거로운 사람들이 수시로 들이닥치니 이거 어디 수행을 하겠느냐?"

제자가 걱정스런 얼굴로 말했다.

"하오나, 스님."

"아 인석아, 어서 걸망 메고 앞장 서라는데 웬 말이 그렇게도 많으냐?"

"가실사 말씀입니다요."

"가실사가 어떻다는 말이던고?"

"그동안 사람이 살지 아니해서 거처하시기가 어려울 것입니다요."

원광법사가 호통을 쳤다.

"이 녀석아, 넌 벌써 우리 부처님께서 어떻게 지내셨는지 잊었더란 말이냐?"

"아, 아닙니다요. 부처님께서 길에서 주무시고, 나무 밑에서 주무신 거야 알고 있습니다마는……."

"출가 수행자는 뙤약볕만 피할 수 있고, 엄동설한만 면할 수 있으면 그것으로 족한 게야."

그래도 선뜻 나서지 않고 제자가 우물거렸다.

"하, 하지만 스님……."

원광법사가 짐짓 화를 냈다.

"따라가기 싫거든 그 걸망 이리 다오. 나 혼자 가실사로 들어 갈 것이다."

그제서야 제자가 얼른 걸망을 집어들었다.

"아, 아니옵니다요 스님. 소승이 따라가 뫼시도록 하겠습니다 요."

원광법사가 부드럽게 말했다.

"아, 그러면 이 녀석아, 걸망부터 짊어지고 앞장을 서란 말이 다."

"예, 스님."

원광법사는 시자 한 사람만을 데리고 작갑사에서도 십 리를 더 산속으로 들어간 가실사로 거처를 또 옮겼다.

원광법사가 바로 이 가실사에 머물고 있을 때의 일이다.

하루는 두 젊은이가 가실사까지 찾아와서 원광법사에게 인사 를 올리는 것이었다.

"그래, 그대들은 대체 누구더란 말인고?"

한 젊은이가 대답했다.

"예, 소인은 귀산이라 하옵니다."

이어서 다른 젊은이도 대답했다.

"소인은 추항이라 하옵니다."

"허면 그대들은 친구 사이란 말이던가?"

귀산이라는 젊은이가 말했다.

"예, 그렇사옵니다 스님. 저희 두 사람은 한 마을에서 태어나 한 마을에서 함께 자란 죽마고우이옵니다."

원광법사가 두 젊은이를 쳐다보며 물었다.

"헌데, 대체 이 깊은 산골에는 어찌 찾아 왔는고?"

귀산이 대답했다.

"예, 듣자오니 도가 깊으시고 덕이 높으신 스님께서 이 산속 가실사에 계신다 하기로 우리 두 사람, 스님의 가르침을 받고 자 이렇게 찾아뵈었사옵니다."

"대체 무슨 가르침을 받고자 왔더란 말이던고?"

"예, 사나이 대장부로서 일생동안 간직할 가르침과 훈계를 내려주시오면, 저희 두 사람은 평생토록 그 가르침과 훈계를 따르고자 하옵니다."

"평생토록 간직할 가르침과 훈계를 내려달라?"

"그렇사옵니다."

"삭발출가하여 부처님 제자가 되면 맨처음 지켜야 할 계율이 열 조목 있거니와 세속에 사는 그대들은 아마도 지키기가 어려울 것이야."

귀산이 물었다.

"어떤…… 계율이온지요, 스님?"

"첫째는 살생을 금해야 할 것이요, 둘째는 도적질을 하지 말 것이요, 셋째는 음행을 하지 말 것이며, 넷째는 거짓말을 하지 말 것이요, 다섯째는 술을 마시지 말 것이니, 우선 이 다섯 가지 계율만이라도 지킬 수 있겠는가?"

귀산이 원광스님을 쳐다보았다.

"…… 살생하지 말고, 도적질 하지 말고…… 음행하지 말라 하시면, 하오면 아내와 함께 살지 말라는 말씀이 아니옵니까요?"

"허허허허, 그래서 내가 미리 지키기 어려울 것이라고 그러지 않던가!"

귀산이 말했다.

"훔치지 아니하고, 거짓말 아니하고, 술 마시지 아니하는 것까지는 지킬 수 있겠사옵니다만……."

"살생하지 말라는 것도 지키기 어려울 것이야."

귀산이 고개를 끄덕거렸다.

"고기도 잡아 먹고 그러니 말씀입니다요."

"그래, 불살생계 한 가지도 지키기 어려울 것이야."

귀산이 다시 물었다.

"부처님 제자가 지키는 그 열 가지 조목 말고, 다른 가르침과 훈계는 없으시온지요, 스님?"

원광법사는 잠시 생각하더니, 두 젊은이를 쳐다보며 천천히 말했다.

"…… 알겠네. 그러면 내 그대들을 위해서 세속에 살면서 지켜야 할 다섯 가지 계율을 말해줄 것이니 반드시 지키겠는가?"

두 젊은이가 대답했다.

"예, 반드시 평생토록 지킬 것이오니 말씀해 주십시오."

귀산과 추항이라는 두 젊은이가 굳게 다짐하니 원광법사는 한참동안 눈을 감고 있다가 저 유명한 세속오계를 내리게 되었다.

원광법사는 신라 청년 귀산과 추항을 앞에 앉혀놓고 다섯 가지의 계를 한 가지 한 가지 설하기 시작했다.

"내 이제부터 세속에 사는 그대들을 위해 다섯 가지 계를 내릴 것이니 따라 외우도록 하게."

"예."

"첫째는 사군이충이니, 충으로써 임금을 섬길 것이요."

두 젊은이가 따라 했다.

"첫째는 사군이충이니, 충으로써 임금을 섬길 것이요."

"둘째는 사친이효니, 효로써 부모를 섬길 것이며……."

"둘째는 사친이효니, 효로써 부모를 섬길 것이며……."

"셋째는 교우이신이니, 신으로써 벗을 사귈 것이요."

"셋째는 교우이신이니, 신으로써 벗을 사귈 것이요."

"넷째는 임전무퇴이니, 싸움터에 나가서는 물러서지 아니할 것이며……."

"넷째는 임전무퇴이니, 싸움터에 나가서는 물러서지 아니할 것이며……."

"다섯째는 살생유택이니, 생물을 죽일 적에는 가려서 죽여야 한다."

"다섯째는 살생유택이니, 생물을 죽일 적에는 가려서 죽여야 한다."

두 젊은이가 원광법사의 말을 따라 외우자, 원광법사가 고개를 끄덕이며 말했다.

"내 이제 그대들에게 세속오계를 설했거니와 그대들은 과연 이 다섯 가지 계를 잘 받들어 지켜야 할 것이야."

귀산이 고개를 갸우뚱거리며 물었다.

"하, 하온데 스님, 한 가지 여쭐 것이 있사옵니다."

"무슨 말이던고?"

"예, 충으로써 임금을 섬기고, 효로써 부모를 섬기며, 신의로써 벗을 사귀고, 싸움터에 나가서는 물러서지 아니해야 한다는 것은 잘 알겠사옵니다만, 마지막 한 가지……."

원광법사가 받아서 말했다.

"살생유택, 생물을 죽일 적에는 가려서 죽이라는 말을 잘 모르겠단 말이던가?"

두 젊은이가 고개를 끄덕이며 대답했다.

"예, 그러하옵니다."

두 젊은이를 쳐다보며 원광법사가 설명했다.

"우리 불가에서는 살생을 엄히 금하고 있으나, 세속에 사는 사람이 한 평생을 살자면 어쩔 수 없이 살생을 해야 하는 경우가 있을 것인즉, 하는 수 없이 살생을 하게 되더라도 반드시 두 가지를 가려야 할 것이다. 그 첫째는 때를 가려야 할 것이요, 둘째는 죽이는 대상을 가려야 할 것이야."

귀산이 다시 물었다.

"하오면 스님, 때는 대체 어찌 가리는 것이오며, 대상은 또 어찌 가리는 것이온지요?"

"때를 가리라 함은 매월 여섯 번 정해진 재일에는 살생을 해서는 아니된다는 말이지."

"여섯 재일은 언제 언제를 말씀하시는 것이온지요?"

"매월 초 여드렛날, 그리고 열 나흗날과 보름, 스무 사흘과

스무 아흐렛날, 그리고 그믐날을 합쳐 육 재일이라 하거니와 이날은 사천왕이 천하를 순행하면서 사람의 선악을 살피는 날이니 그래서 살생을 금하라는 말이요, 또 때를 가리라 함은 봄, 여름에는 살생을 하지 말라는 말인 게야."

귀산이 고개를 갸우뚱했다.

"스님, 봄과 여름에는 어찌하여 살생을 금하라 하옵시는지요?"

"무릇 생명이 있는 것은 봄, 여름에 새끼를 낳고 기르니, 그래서 때를 가리라는 말이야."

귀산이 알겠다는 듯이 고개를 끄덕였다.

"아, 예. 하오면 생명을 죽이되 대상을 가리라는 말씀은 대체 어떤 것은 죽이고, 어떤 것은 죽이지 말라는 말씀이시온지요?"

"대상을 가리라 함은 집에서 기르는 가축은 죽이지 말 것이요, 고기가 한 점도 되지 아니하는 작은 생명은 죽이지 말라는 말이니, 하는 수 없이 죽여야 할 경우라고 하더라도, 소용되는 것만 죽여야 할 것이요, 많이 죽이지 아니해야 할 것이니, 이와 같이 때를 가리고, 대상을 가리고, 많이 죽이지 아니하면 이는 세속의 좋은 계가 될 것이야."

두 젊은이가 고개를 깊숙이 숙여 인사했다.

"잘 알겠습니다, 스님. 참으로 고맙습니다."

이렇게 해서 저 유명한 원광법사의 세속오계가 세상에 전해지게 되었다.

원광법사의 이 세속오계는 그후 신라 화랑도의 기본 덕목이 되었고, 나아가서는 당시 신라 청년들의 생활 신조가 되었는가 하면 당시 신라 백성들의 도덕적 지표가 되기도 하였다.

이렇듯 원광법사의 가르침은 당시 신라 백성들 사이에 새로운 기풍을 불러 일으키게 되었다.

그러던 어느날, 산 밑에 살던 한 불교 신자가 원광법사를 찾아와 인사를 올렸다.

"스님, 참으로 고맙습니다요."

불교 신자가 찾아와서는 다짜고짜로 고맙다고 인사를 하자, 원광법사가 의아해서 물었다.

"고맙다니요?"

불교 신자가 다시 한 번 고개를 숙이며 말했다.

"스님의 가르침이 산을 넘고 강을 건너 마을마다 전해진 덕분에 우리 집안이 바로 서게 되었으니 그래서 참으로 고맙다는 인사를 올리는 것이옵니다요."

원광법사는 무슨 말인지를 알아들을 수가 없었다.

"허허, 이거 원 이 늙은 중은 도무지 영문을 모르겠소이다."

"소인이 말씀을 올리겠습니다요. 그전에는 자식 하나 있던 게 아주 못된 개망나니였습니다요. 그래서 우리 집안은 이제 망하게 되었구나 하고 탄식만 하고 있었는데, 바로 그 자식놈이 스님의 가르침을 전해들은 뒤로는 영 딴판으로 새 사람이 되어 효도를 하지 않나, 친구간에 의리를 지키지 않나, 이게 모두 스님의 은덕이 아니고 무엇이겠습니까요?"

불교 신자의 말에 원광법사가 웃었다.

"허, 그것 참 듣던 중 참으로 반가운 말씀이시구먼요."

신자가 원광법사의 얼굴을 쳐다보며 조심스레 말했다.

"저, 그래서 말씀이온데요, 스님. 소인이 가지고 있는 전답 가운데서 반을 뚝 잘라 이 가실사에 시주답으로 바치고자 하오니 받아주십시오, 스님."

원광법사가 눈을 크게 뜨고 되물었다.

"농토를 이 절에다 바치겠단 말씀이십니까?"

"예, 살림은 아직 넉넉한 편이니 아무 걱정 마시고 받아 주십시오."

원광법사는 몇 번이고 사양을 했으나 그 불교 신도는 기어이 농토를 가실사에 바치는 것이었다.

원광법사는 이 불교 신도의 정성을 더 이상은 물리치지 못하고 이 농토에서 나오는 곡식을 기금으로 해서 점찰보라는 보를 설치했다.

이 보라고 하는 것은 미리 양식을 비축해 두었다가 양식이 떨어진 집에 빌려주고, 추수 후에 거두어 들이는 빈민 구제 기금이었다.

요즘같으면 상부상조하는 신용협동조합 비슷한 제도였다.

뿐만 아니라 이때 원광법사는 가실사에 오는 신도들을 모아 점찰 선악업보경을 설하는 참회 법회를 열었으니, 요즘의 윷을 만들듯이 나무 토막 열 개를 잘라 거기에 열 가지 죄악을 써놓고 그 나무 토막을 던져 뒤집어진 죄목이 나오면 그 죄업을 참회하도록 하는 법회가 바로 점찰 선악업보경 법회였다.

원광법사는 이때 이미 백성들로 하여금 놀이를 통해서 부처님의 가르침을 배우게 하고 참회하게 해서 열 가지 좋은 행을 권하고, 열 가지 나쁜 행을 금하게 했던 것이다.

16
무엇을 웃고 무엇을 기뻐하랴

진평왕 24년의 일이었다.

제자가 원광법사를 부르며 뛰어왔다.

"스님, 스님, 안에 계시옵니까요?"

원광법사가 방문을 열었다.

"그래, 무슨 일이더냐?"

"스님, 불길한 소식이옵니다요."

"그건 또 무슨 소리던고? 어서 말해 보아라."

뛰어오느라 숨이 찼던지 제자가 숨을 몰아쉬었다.

"며칠 전 아막성에서 우리 신라 군사들이 또 떼죽음을 당했다고 하옵니다."

"아막성이라면 대체 거기가 어디더란 말이냐?"

원광법사의 걱정스런 물음에 제자가 대답했다.

"예, 백제와 국경이 가까운 운봉 근처이온데요."

원광법사가 눈살을 찌푸렸다.

"허면 이번에는 또 백제군과 싸움이 있었더란 말이더냐?"

"예, 백제 군사들이 우리 땅을 쳐들어와서 싸움이 벌어졌사 온데 이번 싸움에서 귀산과 추항, 두 젊은이도 장렬한 최후를 마쳤다 하옵니다."

원광법사가 놀라 큰 목소리로 물었다.

"귀산과 추항이라면, 바로 그 젊은이들이 아니더냐?"

제자가 고개를 끄덕였다.

"그렇사옵니다, 스님. 스님께서 세속오계를 내려주신 바로 그 젊은이들이옵니다."

원광법사는 잠시 아무런 말도 하지 않고 허공만 쳐다 보았 다.

"…… 나무관세음보살…… 나무관세음보살…… 북쪽에서는 열흘이 멀다 하고 고구려와 싸우고…… 서쪽에서는 한 달이 멀다 하고 백제와 싸우니, 장차 이 일을 어찌 하면 좋단 말이 던고……."

원광법사의 탄식에 가만히 있던 제자가 말했다.

"귀산이라는 젊은이와 추항이라는 젊은이는, 세가 불리하니 물러나라는 장군의 명도 듣지 아니 하고 임전무퇴를 이미 맹

세했거늘 어찌 물러남이 있을 수 있겠는가 서로 다짐하면서 적진으로 뛰어들어 장렬한 최후를 마쳤다 하옵니다."

"…… 나무관세음보살…… 나무관세음보살……"

원광법사는 그저 아무 말없이 두 젊은이의 안타까운 죽음앞에 나무관세음보살만을 염할 뿐이었다.

그로부터 6년이 지난 진평왕 30년의 일이었다.

깊고 깊은 산속 가실사 절 마당 앞에 느닷없는 말 울음 소리가 들렸다.

제자가 뛰어와 원광법사에게 알렸다.

"스님, 스님, 어서 좀 나와 보십시오."

원광법사가 방문을 열고 물었다.

"무슨 일인데 이리 소란스러운고?"

"왕궁에서 대신을 보내셨다 하옵니다."

"어서 이리 모시도록 하여라."

"예."

이윽고 왕궁에서 달려온 대신이 원광법사께 인사를 올린 후 다급하게 아뢰는 것이었다.

"소신 대왕마마의 어명을 받자옵고 법사님을 뫼시러 왔사오니 아무쪼록 법사님께서는 속히 차비를 서둘러 주옵소서."

원광법사가 물었다.

"이 늙은 중더러 서라벌로 가자는 말씀이신가?"

"그렇사옵니다, 법사님."

"대체 무슨 일로 이 늙은 중을 데리러 오셨단 말이신고?"

"대왕마마의 어명이시니 속히 떠나도록 서둘러 주옵소서."

그러나 원광법사는 선뜻 나서지 않는 것이었다.

"내 그동안 여러 차례 사양을 했거니와 이 늙은 중은 한적한 산속에서 잘 먹고 잘 자고 잘 지내니, 대왕마마께옵서는 조금도 염려치 아니 하셔도 될 것이라 전하도록 하시게."

그러자 대신이 고개를 저으며 말했다.

"이, 이번에는 그런 것이 아니옵니다, 법사님."

원광법사가 웃으며 말했다.

"허허, 글쎄 대왕마마께옵서는 행여라도 이 늙은 중이 끼니라도 굶으실까 염려하신 나머지 수차 사람을 보내오셨네마는, 보다시피 이 늙은 중은 무사히 잘 있으니 사실 그대로 전해 올리시도록 하시게."

대신이 답답하다는 듯 원광법사를 쳐다보았다.

"아, 아니옵니다, 법사님. 이번에는 참으로 그런 것이 아니옵니다."

"허면 달리 무슨 까닭이라도 있으시단 말씀이신가?"

"법사님께서는 아직 소문도 듣지 못하신 모양이시옵니다만, 고구려 군사들이 또 쳐들어와서 대왕마마께서 친히 군사를 이끌고 나가 싸우셨사옵니다."

원광법사의 눈이 휘둥그레졌다.

"대왕마마께서 친히 싸움터에 나가셨다고?"

"그렇사옵니다. 가까스로 고구려 군사를 내쫓긴 했사옵니다만, 저들이 언제 또 쳐들어 올지 모르는 긴박한 사정이옵니다. 그래서 위급한 국사를 법사님께 의논하시고자 그래서 법사님을 모셔오라 하셨사옵니다."

원광법사가 서둘러 말했다.

"위급한 국사라면 지체할 수 없는 일, 그럼 어서 서라벌로 가야겠구먼."

원광법사가 왕궁에 당도하자 진평왕은 친히 스님을 반갑게 맞이한 뒤 간곡하게 부탁을 하는 것이었다.

"법사님께서 짐을 도와 이 나라를 구해주셔야 겠소이다."

"이 늙은 중이 감히 어찌 대왕마마의 어명을 거역하겠습니까마는 산속에 들어앉아 염불이나 하던 몸이 무슨 재주로 대왕마마를 도와드릴 수 있겠사옵니까?"

원광법사의 말이 끝나기가 무섭게 진평왕이 급하게 말했다.

"지금 고구려에서는 하루하루 군사를 늘이고 군량미를 비축

하고 있다 하니, 언제 또 이 나라를 쳐들어 올지 모르는 일, 그러니 제발 법사께서 수나라를 좀 움직여 주시오."

원광법사는 무슨 말인지를 알아듣지 못하고 진평왕을 쳐다보았다.

"수나라를 움직이라 하시면, 대체 어찌 하라시는 분부이시온지요?"

진평왕이 대답했다.

"수나라 양제께 글을 올려 제발 수양제께서 군사를 일으켜 고구려를 쳐달라고 걸사표를 지어 보내 주시면 될 것이오."

원광법사가 눈을 동그랗게 떴다.

"······ 수나라의 군사를 움직여 고구려를 치자는 말씀이시옵니까?"

진평왕이 고개를 끄덕였다.

"우리 신라가 살아남으려면 그 방도 밖에는 달리 길이 없으니 그리 되도록 수양제의 마음을 움직일 걸사표를 써 주시오."

원광법사가 고개를 설레설레 흔들었다.

"대왕마마, 대왕마마께옵서도 잘 알고 계신 바와 같이 우리 불가에서는 살생을 엄히 금하고 있사옵니다."

그러자 진평왕이 답답함을 말했다.

"그거야 짐도 알고는 있소만, 싸움이 일어날 적마다 수없이 죽어가는 우리 신라 백성들은 어찌한단 말이오?"

"내가 살기 위해서 남을 없앤다는 것은 차마 출가 수행자가 할 짓이 못되옵니다마는……."

진평왕이 노기 어린 목소리로 말했다.

"아니, 그러면 법사께서는 걸사표를 써주지 못하시겠단 말씀이시오?"

"소승, 대왕마마의 나라에서 나는 물을 마시고, 대왕마마의 나라에서 나는 곡식을 먹고 사는 처지이니, 감히 어찌 이 나라가 망하고 이 백성들이 떼죽음을 당하는 것을 모른다 할 수 있겠사옵니까?"

진평왕의 목소리가 부드러졌다.

"허면 수양제의 마음을 움직일 걸사표를 써보내 주시겠소이까?"

원광법사가 천천히 말했다.

"독사가 아이에게 덤벼든다면 설사 훗날 지옥에 떨어지는 한이 있더라도 소승은 독사를 쳐서 아이를 구할 것이옵니다."

"…… 고맙소, 법사. 참으로 고맙소!"

이때 원광법사가 수양제에게 걸사표를 써서 보냈으니, 수양제는 이 걸사표를 보고 삼십만 대군을 일으켜 고구려를 쳤으나, 고구려의 을지문덕 장군에 의해 살수에서 대패하여 수나라로 돌아가고 말았다.

원광법사가 진평왕의 청을 받아들여 수나라 군사를 움직여달라는 걸사표를 써준 일, 그리고 세속오계 가운데 임전무퇴와 살생유택을 넣은 것은 부처님의 가르침에 배치된다고 해서 훗날의 사가들이 호된 비판을 가하기도 하고 혹은 지탄을 하기도 하지만, 이 당시 원광법사의 결단이 옳았는지, 옳지 못했는지, 그것은 여기서 접어두기로 하자.

아무튼 원광법사의 걸사표로 해서 당시 신라와 수나라는 사신을 교환하며 우호국이 되었다.

그리하여 진평왕 32년에는 수나라 사신인 왕세외가 신라에 건너오게 되었다.

이때 신라 조정에서는 우리나라 최초로 황룡사에서 백고좌법회를 열고 원광법사로 하여금 불경을 강의케 하였다.

원광법사는 이 백고좌법회에서 인왕반야바라밀다경을 강설하고 설법하였다.

황룡사에서 최초로 열린 백고좌법회, 백 개의 불상과 백 개의 보살상과 백 개의 나한상을 모신 가운데, 백 개의 등불을 밝히고 백 명의 고승대덕을 모셔 진평왕이 마련한 이 백고좌법회에서 원광법사는 부처님의 자비로운 가르침을 세상에 널리 전했다.

"잠 못드는 사람에게 밤은 길고
피곤한 나그네에게 길이 멀듯이
진리를 모르는 어리석은 사람에게
생사의 밤길은 길고 멀도다.

무엇을 웃고, 무엇을 기뻐하랴
세상은 쉬임없이 타고 있거늘
그대들 어둠속에 덮여 있건만
어찌하여 등불을 찾지 않는고.

보라, 이 부서지기 쉬운 병 투성이
이 몸을 의지해 편타 하는가
욕망도 많고 병들기 쉬워
거기엔 변치않는 실체가 없네.

목숨이 다해 정신 떠나면
가을철에 버려진 표주박처럼
살은 썩고 앙상한 백골만 뒹굴것을
무엇을 사랑하고 즐길 것인고!

아아 이몸은 오래지 않아
다시 흙으로 돌아가리라
다시 흙으로 돌아가리라."

진평왕도 세상을 떠난 뒤인 선덕왕 9년.

원광법사는 자리에 누워 제자를 불렀다.

"이것 보아라."

"예, 스님."

"내 이제 세상과의 인연을 마칠 때가 되었느니라."

"무슨 말씀이시옵니까, 스님?"

"사람의 한평생은 알고보면 한토막 꿈과 같은 것. 그 꿈속에서 부자가 된들 무슨 소용이며, 벼슬을 한들 무슨 소용이며, 천하를 호령한들 무슨 소용이랴. 깨고보면 모두가 꿈인 것을……."

"하오면 어떻게 살아야 하옵니까 스님?"

"착한 일, 좋은 일 하는 데 게으르지 말라. 착한 일, 좋은 일만 하기에도 인생은 짧느니라."

원광법사는 분황사에서 열반에 드셨으니, 이때 스님의 세속 나이는 아흔 아홉이었다.